ASSUNÇÃO DE SALVIANO

ANTONIO CALLADO

ASSUNÇÃO DE SALVIANO

1ª edição

JOSÉ OLYMPIO
EDITORA
Rio de Janeiro, 2014

© Teresa Carla Watson Callado e Paulo Crisostomo Watson Callado

Reservam-se os direitos desta edição à
EDITORA JOSÉ OLYMPIO LTDA.
Rua Argentina, 171 – 3º andar – São Cristóvão
20921-380 – Rio de Janeiro, RJ – República Federativa do Brasil
Tel.: (21) 2585-2060
Printed in Brazil / Impresso no Brasil

Atendimento direto ao leitor:
mdireto@record.com.br
Tel.: (21) 2585-2002

ISBN 978-85-03-01213-3

Capa: Carolina Vaz

Livro revisado segundo o novo Acordo Ortográfico da Língua Portuguesa.

CIP-BRASIL. CATALOGAÇÃO NA PUBLICAÇÃO
SINDICATO NACIONAL DOS EDITORES DE LIVROS, RJ

C16a Callado, Antonio, 1917-1997
Assunção de Salviano / Antonio Callado. – 1ª ed. – Rio de Janeiro:
José Olympio, 2014.
176 p. ; 21 cm.

Estudo crítico e perfil do autor
ISBN 978-85-03-01213-3

1. Romance brasileiro. I. Título.

14-09461

CDD: 869.93
CDU: 821.134.3(81)-3

Para FRANKLIN DE OLIVEIRA,
que viu um arco de fantasia exata
ligando a Juazeiro de Salviano
ao Engenho Galileia.

1

É bem verdade que, com o avançar dos anos, aqueles instantes de perfeita fé no futuro iam rareando. Mesmo assim aconteciam ainda. Ali estava um deles. Júlio Salgado, enquanto passava a mão pela sucupira da estante de livros feita por Manuel Salviano, via seus problemas todos resolvidos, todos os nós da sua vida desfeitos: via a Matriz de Juazeiro e a Prefeitura explodindo numa chuva de pedras e caliça; via, Dia de Nossa Senhora da Glória, os rifles disparando dentro da igreja de Petrolina, balas arrancando narizes de imagens e chamuscando os panos do altar-mor; via seu regresso triunfal ao seio do Partido, no Rio; e via, sobretudo, João Martins aceitando com naturalidade seu amor, compreendendo perfeitamente que homens amassem homens.

Há muito não lhe acontecia um instante assim adorável, de perfeita tranquilidade. Logo que o sargento Caraúna se retirasse ele ia falar ao Salviano, pedir-lhe que fossem dali mesmo ao botequim do Zeca, pois precisavam conversar com a maior urgência. Ia expor a Salviano o plano da Operação Canudos, núcleo explosivo da Revolução no Norte e Nordeste.

Mas o sargento estava custando a ir embora. Conversava com os lenhadores que traziam as madeiras à marcenaria de Manuel Salviano. Conversava especialmente com o João da Cancela e, a princípio, Júlio Salgado prestara atenção ao que diziam — o Cancela defendendo os lavradores e o sargento Caraúna falando em todos os coronéis e grileiros do rio S. Francisco como se fossem íntimos amigos seus. Júlio já se desinteressara da conversa havia alguns minutos quando de repente o bofetão cantou no ar. Aquele inconfundível som de sopapo viera depois de dizer o Cancela, num súbito rompante de raiva, que o coronel Juca era safado e ladrão de terra.

— Toma para aprender, seu boca de peste! — exclamara o Caraúna enquanto derrubava o sertanejo com a bofetada.

Não houve reação dos outros lenhadores ou de Manuel Salviano. O eco do tapa morreu num silêncio encabulado, como se não fosse direito que o deixassem sozinho no ar, sem ao menos o estalo de outro tapa em resposta. Foram saindo os lenhadores. O João da Cancela se levantou, bateu na calça para sacudir o pó, endireitou na cabeça o chapéu de palha de carnaúba e saiu, sossegado e digno. Era como se a bofetada não tivesse a menor importância, uma vez que ele tinha dito o que queria sobre o coronel Juca.

Júlio Salgado é que, embora continuasse fingindo examinar a estante, tinha sentido esvair-se toda a paz do instante anterior à bofetada. Perguntava a si próprio: "E aí, seu Júlio, e quando chegar a hora do seu bofetão? E quando chegar o pior do que isso, o aquilo que faz a lembrança de um bofetão carícia? Você vai cair de joelhos e dizer pois é, fui eu, mas juro que não faço mais? Vai berrar palavra que não acredito em nada disso, revolução é besteira, eu só queria escrever um livro? O diabo é que bofetão é sempre bofetão, e se o simples espetáculo de um faz a perna da gente tremer desse jeito entre o sapato e a bacia, imagine a coisa chocando-se com a nossa própria e querida face?..."

O sargento Caraúna já se voltava para Manuel Salviano com um ar de quem se excedeu, ainda que ligeiramente:

— Desculpe, seu Salviano, mas esse cabra precisa de vez em quando dum bife na lata. Veja só o jeito desse safado falando do coronel Juca! Homem que ainda em São João me deu aquele par de botina novinha ainda, homem bom, o coronel.

— Ele parece que é um sujeito bom, pessoalmente — disse Manuel Salviano manso e delicado —, mas o João da Cancela chegou ao ponto de dizer que ele é ladrão de terra porque há muita complicação com aquelas matas lá de cima do rio. O João, por exemplo, tem um contrato de arrendamento, escritinho e tudo. Mas o coronel está reclamando terra dele. Quando ele ouviu vosmecê falando que o coronel Juca era tão bom...

— Ah, aqueles contratos de há uns dois anos...

— Que é que têm eles? — indagou Salviano, já de plaina na mão e como quem não está realmente interessado na resposta.

— Mesmo nos escritos, o coronel andou fazendo o diabo... Lhe digo mais, seu Salviano, ele ficou danado com essa gente que desconfiava dos contratos orais e mandou aquele advogado de Petrolina preparar uns de deixar os parceiros a pão e laranja quando o coronel quiser. Veja, por exemplo, o caso do Mateus Linguiça. Fez questão de botar as terras dele no papel e o coronel aguentou tudo, e marcou tudo. As terras iam da gameleira velha ao corgo do seu Janjão da barreira nova até a ponta da estrada. E sabe o que é que fez o coronel um mês depois?

— Que foi, sargento?

O sargento disparou numa gargalhada:

— Ora veja, que é que ele haverá de fazer? Derrubou a gameleira e conversou o Janjão para desviar o corgo. Não tem diabo neste Brasil que possa provar que o Mateus Linguiça tem terra na zona do coronel. O velho é bom como amigo, mas como inimigo, seu Salviano, é o pior do mundo. O pedaço que o Mateus ainda pode dizer que é dele, da barreira até a ponta da estrada, mal dá para um jerimum dos grandes.

Discretamente, sem ser notado, Júlio Salgado já tinha saído da pequena marcenaria. Na Praça do Mercado, parou num botequim para tomar uma cachaça. Não que gostasse daquele travo que lhe ficava na garganta, depois, durante tanto tempo. O João Martins é que tomava litros daquele fogo. Mas precisava da caninha naquele instante porque ainda tinha as pernas pouco seguras. Depois de engolir a cachaça, acendeu um cigarro e foi andando, vagaroso, até o rio. Da beira da rampa olhou a praia de barro, o vapor que passava e, do outro lado, a torre da igreja de Petrolina, já num outro estado. Precisava não se deixar abater. Juazeiro era efetivamente ideal para dar início à agitação comunista na banda Norte do país. A luta que começasse em Juazeiro da Bahia só precisava passar o rio para ganhar Pernambuco. Se pegasse nos dois grandes estados, quem poderia dizer o que ia acontecer?

E, ao jogar a guimba do cigarro no barro úmido lá embaixo, Júlio Salgado imaginou que a atirava a um rio de álcool, que o S. Francisco começara a flambar. O Rio da Unidade Nacional em fogo incendiaria a caatinga dos dois lados e só poderia ser apagado no Amazonas e no rio da Prata. Aliás, quem sabe, do Prata bem podia ganhar as repúblicas vizinhas e ir estourar no Pacífico, subir ao Panamá. Já então cheia de força, a conflagração faria arder a península centro-americana, fulminaria jubilosa o México de Rivera e Siqueiros. E, então, que é que o pequenino rio Grande iria apagar?...

Júlio, ao terminar o seu sonho, viu de novo a lama do S. Francisco onde começava a desaparecer, encharcada, a guimba do cigarro e pensou, enojado: "País de tabatinga mole!"

2

Quando fechou a marcenaria de noitinha e foi entrando, depois de atravessar a linha férrea, na Praça da Prefeitura, caminho de casa, Manuel Salviano viu de longe, saindo do armarinho, a cabrocha Ritinha, a lavadeira. Antes que ela o visse estugou o passo em sua direção e o manteve em ritmo bem acelerado. A mulata só faltava pegá-lo uma noite e puxá-lo para uma barranca do rio — tudo em vão. Salviano era escrupulosamente fiel à mulher. Mas por nada no mundo perderia o gosto de ser desejado pela Rita e de o saberem assim desejado. Era preciso que ela o visse.

Ritinha ia começando a atravessar a rua quando viu Salviano. Sem sombra de imaginar que ele já estivesse aborrecido pela ideia de que não ia ser visto, ela, sem nenhum luxo, parou e voltou para a calçada por onde vinha ele:

— Ô meu caboclo bonito — disse a Rita sorrindo com todos os seus dentes fortes e brancos. — Vai direitinho para casa, não é, bem?

— Vou, Rita — disse Salviano sorrindo com civilidade, mas indiscutivelmente austero. — A janta lá sai cedo.

A cabrocha se aproximou dele e, ajeitando o cabelo, aprumou o corpo, tornando por um instante perfeitamente bem desenhados os seios rijos e libertos por trás da blusa e da saia de baixo. A volúpia de saber que poderia — se quisesse — apertar aqueles peitos encheu Salviano de alegria.

— Um dia desses vou arrumar uns repolhos e levo lá para dona Irma fazer... como é que é mesmo?

— Chucrute.

— É, aquele repolho azedo danado. Eu não fui mais lá ver ela e levar uns presentinhos porque acho que já foram dizer a ela que eu acho você o caboclo mais bem-acabado que até hoje deu com os costados no Juazeiro.

Salviano não pôde impedir que lhe escapasse do peito um riso quase agoniado, de tão satisfeito.

— Qual, Ritinha, você gosta de brincar com os casados, é isso. Aposto que você diz o mesmo ao Zé das Redes.

— O quê? — disse a cabrocha ofendida. — Só porque ele tem aquela cara lambida de branco e cabelo amarelo e porque as mulheres diz que ele parece um príncipe? Cruz-credo! O Zé num dia de porre já beijou minha sandália e chorou no meio da rua. Eu disse a ele: "Se tu passa do couro da sandália para a pele do pé, vou buscar um pau de fogo lá em casa." Não, seu Salviano, aqui com a Rita não tem negócio de brincar com casado ou ficar de fita com solteiro não. Quando eu gosto dum homem, digo logo.

— E isso acontece muito, não é, Rita?

A mulata olhou para Salviano com seus olhos verdes:

— Eu não minto e não vou dizer que você ainda podia ser o primeiro a gozar de mim, Salviano. Mas podia ser o último. Eu não contava para ninguém e tu podia até continuar casado, mas eu não ia querer saber de mais ninguém.

Aqueles instantes eram para Manuel Salviano de perfeição total. Outras mulheres já haviam demonstrado desejá-lo muito, mas nunca nenhuma soubera falar-lhe com a destabocada franqueza daquela mulata bonita de doer, com os olhos verdes no rosto castanho-escuro. Ele pegou no queixo de Ritinha, natural e simples, de uma forma que nenhum passante chegaria a estranhar, de uma forma que todo o mundo em Juazeiro comentaria dizendo: "Ah, se eu fosse aquele camarada a Ritinha já estava no papo há muito tempo."

— Você é um perigo, menina. Se eu tivesse menos uns dez anos!...

— Se você tivesse menos dez anos só tinha uns vinte e eu não gosto de desmamar bezerro.

— E você não é uma novilha de dezoito anos?

— Olha aqui, Salviano, eu sou a mulher que menos para em tudo quanto é dança na Bahia e em Pernambuco e que tem servido de assunto para mais desafio de viola e de faca do que tu tem cabelo na cabeça. Por isso é que eu escolho meus maridos. Mas quando você me quiser manda um recado pelo primeiro moleque que te aparecer que eu deixo o moleque me levar pela mão para onde você estiver.

— Pois eu vou ficar com o moleque em vista — disse Salviano profundamente em paz consigo mesmo, tranquilo e feliz. — Adeus, Ritinha.

A cabrocha foi atravessando a rua e, ao olhar suas ancas duras, seus ombros largos e de linha delicada, e o músculo bem-talhado da barriga de suas pernas firmes, Salviano não teve nenhuma visão erótica. Retomou o caminho de casa. Sua morada, sem vizinhos por bem uns quinhentos metros dos dois lados, ficava no outro extremo da cidade.

Salviano atravessou a Praça do Mercado, a rua Filarmônica Apolo e foi ainda além do Matadouro e do Horto Florestal. Quando ia chegando é que, por pensar na esposa, pensou novamente na Ritinha.

Irma, sua mulher, não gostava das histórias que lhe contavam da Rita, a dizer a tanta gente que não havia homem como o Manuel Salviano nos dois estados. Mas, em compensação, não havia linguarudo que lhe contasse que o Salviano tinha um namoro que fosse na cidade. E, irritante como pudesse ser, o desplante da admiração da cabrocha não deixava de ter seu lado lisonjeiro também para Irma, que costumava dizer, rindo, ao marido: "Você é o único caboclo que presta no Brasil inteiro." Alemã de Santa Catarina, onde Salviano a encontrara, ao fugir do Paraná depois de estourar o conflito com os posseiros de Porecatu, ela se surpreendera e surpreendera muitíssimo a família resolvendo de repente casar-se com um caboclo, e caboclo que pretendia regressar ao Norte. Em parte, porém, Irma raciocinou que aquele caboclo simpático, de cabelos bem lisos, diferente dos outros, que lia e escrevia corretamente, devia ser, no Norte (para ela, expressão suprema da confusão e do descalabro associados em sua casa com tudo que fosse Brasil, de São Paulo para cima), algo bem mais desejável do que, em Santa Catarina, o Hermann, vagamente seu noivo e empregado numa salsicharia.

De longe Salviano sentiu o cheiro do *Apfelstrudel* e lembrou-se de que Irma recebera da família um pacote de maçãs verdolengas. O portador tinha sido aquele caixeiro-viajante americano dos artigos de náilon, o homenzinho divertido das histórias de detetive. Quando se aproximou um pouco mais, viu Salviano que o americano estava na varanda da sua casa, falando, pela janela, para dentro. Não havia em toda Juazeiro silhueta igual àquela, de homem tão barrigudo e ao mesmo tempo tão forte, com seus pelo menos sessenta anos nas costas mas com um vago ar de quem pretendia viver ainda outros sessenta, a despeito de um nariz tão intumescido, tão roxo de bebida que parecia a ponto de rebentar. "Não é uma nariz, é uma caqui", costumava dizer o próprio Mr. Wilson, vendedor de artigos de náilon, detetive amador e distribuidor voluntário de Bíblias para a Bible Society.

De longe Mr. Wilson já saudava Salviano:

— *Hello! Good evening.* Prazer em recebê-lo na seu própria casa.

— Como vai, Mr. Wilson? — disse Salviano ao chegar.

Irma veio da cozinha, que se via da varanda, através de duas saletas e beijou Salviano.

— Estou convidando Mr. Wilson para jantar com a gente mas ele diz que só quer um pouco de doce, porque teve muito trabalho carregando as maçãs desde Blumenau.

Salviano, até aquele instante jovial, ficou de repente sério:

— Se ele não carregasse tantas Bíblias dentro da mala grande tinha mais espaço. Eu quero lhe pedir uma coisa, Mr. Wilson. Não deixe mais suas Bíblias espalhadas pela minha casa. A Irma guardou a que o senhor deu a ela, mas mesmo uma Bíblia só para duas pessoas já é de dar indigestão.

— *All right, all right* — disse o americano. — Seu mulher já me disse que senhor ficou muito zangada, e eu já recolheu a outro Bíblia.

— O senhor desculpe — disse o Salviano um pouco encabulado de repente —, mas eu não quero nada com negócio de padre e livro de missa.

Magra, miúda e desgraciosa, com sua pele muito alva, que o sol do Norte manchava sem dourar, e o cabelo castanho e liso cortado em franja, Irma interveio com um sorriso de boa paz:

— Eu expliquei a Mr. Wilson como você já esteve em muito lugar em que o lavrador tem de lutar contra os mandões mas nunca viu o padre do lado do fraco.

Apesar de protestante, Mr. Wilson gostava de ser escrupulosamente justo.

— Pois olhe, Sr. Salviano, lá nas Estados Unidos, os católicos.

— Eu não sei como eles são nos Estados Unidos, só sei que aqui querem comer e dormir, e mais nada. Quando tem alguma briga, eles estão sempre no lado que ganha. Jogar no azar é que não jogam.

— O que o Mr. Wilson acha — disse Irma — é que a Bíblia é diferente e não tem nada que ver com os padres. A gente pode ler a Bíblia em casa, quando quiser, em lugar de aprender o catecismo na igreja. Isso é que é ser protestante.

Bem estampada na cara de Salviano estava a repulsa que toda a conversa lhe causava. Mr. Wilson destruiu o mal-estar reinante saindo-se com uma de suas observações características:

— Ah, Sr. Salviano, você prometeu mas não rachou aquele pau de canela para fazer o oratoriozinho que eu quero levar de volta para o Campinas. Prometeu para hoje.

— Prometi mesmo — disse Manuel Salviano meio confuso. — Mas eu lhe disse que estava pronto amanhã de tarde e estará pronto. O senhor jogou um verde agora, não jogou, Mr. Wilson?

— Jogou um quê?

— Um verde, quer dizer, o senhor afirmou que eu não havia feito o serviço sem realmente saber se eu havia.

— Não, não, meu Igreja não permite arriscar nada, jogar nada. Eu estou olhando seus sapatos e o bainha da sua calça desde que entrou. Tem serragem e tem o madeira enroladinho que sai da plaina — mas não tem lasca de pau.

— Menino! — exclamou Salviano maravilhado enquanto examinava o conteúdo da bainha das calças.

— Você não rachou mesmo o pau de canela? — indagou Irma, encantada também com a argúcia do americano. — Mas isso não é nada. Ele disse que uma vez teve o nome nos jornais, na terra dele. Estavam procurando um assassino e perto do cadáver só descobriram as pegadas de um cachorro. Mr. Wilson descobriu limalha de ferro dentro das marcas das patas. Era o cachorro do ferreiro!

— O ferreiro tinha matado o homem? — perguntou Salviano.

— Bom — disse Irma, impaciente —, ele não ia dizer que sim, mas o que é que o cachorro dele estaria fazendo no local do crime?

— Que é que aconteceu com o ferreiro?

— A ferreiro foi para o cadeira elétrica, senhor.

— Ele tinha filhos?

— Dois, que foram adotados pelo meu igreja — disse, com orgulho, Mr. Wilson.

— E o cachorro? — perguntou ainda Salviano.

Mr. Wilson riu, dando uma palmada na perna, enquanto Irma dizia:

— Ih, Manuel, que pergunta mais fora de propósito. A gente conta a você uma história fantástica dessas e fica você aí a querer saber do cachorro, do pai do cachorro, do cachimbo do ferreiro!

— *No, no*, senhora Irma — protestou o americano. — Eu estava rindo porque é esta a primeira vez que me perguntaram pela cachorro no Brasil. A cachorro ficou comigo. Ficou sendo minha cachorro.

— Ah, que interessante — disse Irma.

Manuel Salviano nada disse, mas, enquanto sua mulher ia à cozinha terminar o jantar e servir um pouco de *Apfelstrudel* a Mr. Wilson, ele ficou olhando o hóspede com um espanto mesclado de horror

3

Júlio Salgado tinha ido da beira do S. Francisco diretamente ao seu hotel. Não via seu companheiro João Martins desde a véspera e sentia dele uma falta total. O pior em servir ao Partido durante muito tempo no interior, pensava, é que se fica sem ninguém com quem trocar ideias e até um menino ainda, um garoto de dezoito anos como o Martins, podia tornar-se indispensável a um homem maduro e autossuficiente como ele, com seus quase quarenta anos. Precisava da sua conversa, precisava até das tolices burguesas e ultrapassadas daquele poetinha de segunda cate... Mas não, disse a si mesmo Júlio, era injusto chamar ao João poeta de segunda categoria pelo simples fato de que não era. Ele, apesar de tão jovem, já escrevera coisas realmente lindas. O que havia em tudo aquilo, continuou Júlio falando consigo mesmo, era sua raiva pelo fato de João Martins não ter vindo dormir no hotel. Sem dúvida fora dormir novamente com aquela mulata oxigenada do bordel da Boa Esperança, arriscando-se a pegar uma galiqueira! Era incrível. Se não fosse a sua simpatia pelo Martins já teria informado o Partido de que ele no máximo servia como qualquer intelectual — cuidando apenas do próprio cartaz e beneficiando o Partido com as sobras do prestígio pessoal. Que é que se podia esperar de ação, da grande e inexorável ação, em se tratando de um poetinha dado a bordéis e bebedeiras como o Martins? Imagine dormir com aquela sarará de carapinha amarela! Oh...

Nesse ponto, as unhas de Júlio Salgado, que se haviam quase enterrado nas palmas de suas mãos, abriram-se, disciplinadas. "Deixemo-nos de histerismos", disse ele a si mesmo. "A verdade é que estes dois meses em Juazeiro serviram para revelar a mim mesmo que eu sou um homossexual e que estou apaixonado por João Martins. Até hoje só não fui pederasta, de verdade, por medo, por culpa da minha educação burguesa. Agora a verdade está escancarada na minha frente, pois João não me inspira nenhum sentimento do que me parecia outrora perverso, quando a vista de um homem me atraía, do que me parecia apenas libidinoso e anormal. Eu o amo, eis tudo. Tenho ciúmes dele, aí está. Detesto a ideia de vê-lo espojando-se em lençóis de mulher à toa." Júlio Salgado já se dissera coisas semelhantes muitas vezes, em Juazeiro, e muitas outras vezes já se propusera "declarar-se" a João Martins. Mas era sempre desarmado pela masculinidade simples do outro, pela maneira despreocupada, pela certeza de que João morreria de rir se ouvisse suas primeiras palavras... Ou não riria? Ou seria João outro como ele, atado ao sutil emaranhado de cordões umbilicais que os ligavam a uma educação ainda bárbara? Este último raciocínio, por mais agradável que fosse, jamais conseguiu convencer o próprio Júlio. O outro, acabava ele por dizer, o João, com toda a sua inteligência, era apenas um animal — animal femeeiro.

João Martins estava no quarto do hotel, recostado nos travesseiros da cama dupla em que dormiam, lápis e papel na mão.

— Algum relatório? — perguntou Júlio ao entrar.

— Relatório, meu velho? Relatório depois de uma noite alagada de cerveja quente e quando a cabeça ainda me dói? Continuo meu formoso poema das "Bodas de Petrolina e Juazeiro". A personagem Juazeiro está cada vez mais caracterizada como o brasileiro cem por cento, o brasileiro-sertão, o brasileiro-Norte, e Petrolina como a mulher imigrante, que vem para lhe dar filhos sãos. Ouve lá:

> Juá, Juazeiro falou sobre o rio
> com voz de tenor:
> Petrola d'Italia, ô mobile donna, ragazza Petrola!
> (O rio disse "Ola")
> Juá, Juazeiro falou sobre o rio
> baritonamente:
> Pierrette la douce, ó tu que vens de longe mas
> só emigras pour faire l'amour.
> Vem faire l'amour.
> O rio gemeu "Ur"
> Juá, Juazeiro enrolou em rr o rrio Frrancisco
> e disse em tom de baixo:
> Fraülein Petraschön

Raio de alemão! Diga-me alguma coisa aí em alemão, Júlio, você que sabe tudo.

— Você se encarregou de fazer o relatório em código?
— Qual deles?

— O de Operação Canudos.

— Meu velho, eu já disse a você a minha opinião. O Partido não tem imaginação para...

— Martins, eu preciso avisar você seriamente. O Partido não é brinquedo, e não tolera restrições. Até neste nosso Brasil de manteiga ele é uma rocha dos tempos, ele é respeitado, ele é severíssimo. Você...

— Já sei, já sei tudo isso. Eu estava de troça. Mas você acha que o Partido vai aceitar Operação Canudos?

— Tem de aceitar alguma coisa se de agora, meados de julho, para o dia 15 de agosto quiser que uma procissão fluvial se transforme num brado de revolta de camponeses espoliados em suas terras.

— Você já sabe que não vamos conseguir nada de positivo, não sabe? — indagou João Martins pondo ao seu lado na cama papel e lápis. — Mesmo com os agitadores que trouxemos de Porecatu ainda não conseguimos reunir vinte homens dispostos a virar um barco da procissão de Nossa Senhora da Glória. Só mesmo por milagre é que a gente conseguiria algo de espetacular. E se houver milagre, velhinho, o Camarada Deus há de preferir servir o outro lado — completou Martins, piscando o olho.

— O Camarada Deus como sempre será rigorosamente neutro. Favorecerá quem tiver o melhor plano e Operação Canudos não é só um plano excelente — é o único. O outro lado não tem planos. Tem uma procissão.

— Operação Canudos é uma beleza de invenção, mas duvido que funcione. Acho que você é um artista, Júlio, e nunca descobriu um canal para sua força criadora. Operação Canudos é isso, é o seu poema, é a sua...

— Idiota! Eu me mataria se imaginasse que era um "artista'.

— Eta, velhinho, que diabo! Você parece até que quer me ofender!...

— Não, desculpe, não quero ofender você. Mas realmente eu não conseguiria fazer nada que não fosse revolução enquanto... enquanto o mundo estiver tão cheio de canalhas! Quando olho de um avião para a terra tenho a impressão de que a humanidade são piolhos na cabeleira das árvores.

— A imagem é boa. Se me dá licença vou aplicá-la em algum artigo. Mas então você luta para salvar meros piolhos?

— Às vezes é só assim que eu próprio consigo exprimir a questão. Apenas não digo que seja para salvar os piolhos. Digo que é para limpar as árvores.

— Hum! Eu não me divertiria muito num mundo de árvores não. Ia procurar uns piolhinhos dos que você houvesse esquecido.

— Por falar neles, espero que não tenha trazido muitos daquela carapinha...

— Da Zilda? — riu Martins. — Coitadinha, até que é bastante limpa. Quer dizer, mais ou menos. Aliás, eu ontem não dormi com a Zilda. Ou... Não, espere aí. Não foi só com a Zilda. A Jovina meteu-se na cama também. Sei lá, tínhamos bebido tanto!

Júlio Salgado aproximou-se da janela. Não havia de enterrar mais a unha na palma da mão. Vida era isto mesmo — sofrimento absurdo, sem causa confessável e sem consequências desejáveis. Olhando no horizonte, do outro lado do S. Francisco, a flecha da igreja de Petrolina, falou:

— Vamos hoje mesmo falar ao Manuel Salviano e propor-lhe a única saída para nós, a única saída de Juazeiro.

— Até que eu não estou achando a cidade tão ruim assim — respondeu João Martins, acomodando-se melhor no travesseiro. — Se a Rita...

— Talvez não — interrompeu Júlio —, mas, entre outras coisas, se formos ficando, dentro de pouco tempo alguém desconfia da nossa interminável estada. Vamos hoje mesmo falar ao Salviano.

4

Irma gostou ao ver, da varanda da casa, que se aproximavam Júlio Salgado e João Martins. Os dois haviam aparecido em Juazeiro como engenheiros de uma nova companhia de vapores para o S. Francisco, futura concorrente da Baiana e da Mineira. Estavam pesquisando as barrancas — diziam — para construir um verdadeiro porto em Juazeiro, onde pudessem acostar os novos vapores. Isso explicava que desaparecessem durante dias, enquanto agitavam os posseiros, erguendo em símbolo do mal principalmente o coronel Juca Zeferino, que, muito de mansinho, bem apoiado em documentos mais ou menos forjados, estava tratando de tomar as terras de homens que há muito as vinham lavrando ou usando para lenha. Irma sentiu prazer ao avistá-los porque, pouco como apareciam, agora, nas rodas oficiais de Juazeiro, logo ao chegarem os dois se haviam apresentado ao prefeito, ao delegado, ao coletor federal e demais autoridades, e haviam ficado conhecidos de todos. Eram, para Irma, pessoas importantes, que representavam uma grande companhia de São Paulo. Ademais, mesmo de blusão e calça cáqui, via-se que vinham de cidade grande e Irma era, na plena acepção da palavra, uma esnobe. Ela ainda queria ver o Salviano como chefe político, delegado ou — quem sabe? — diretor, ali, da companhia de navegação que estava sendo fundada...

— Manuel! — chamou para dentro. — Estão chegando aí os teus amigos da nova companhia de vapores.

Manuel Salviano, que lia, com certo esforço, um jornal estendido na mesa da sala de jantar, ao ouvir a mulher levantou-se incontinenti.

Chegou à varanda, vindo do lado de dentro, ao mesmo tempo que chegavam aos degraus da varanda os dois visitantes.

— Boa noite, dona Irma — disseram os dois. — E você, Salviano, tudo bem? — acrescentou Júlio.

— Tudo indo mais ou menos. E os amigos, bem?

— Também indo — disse ainda Júlio. — Vamos tomar uma cerveja lá no Zeca?

Pelo convite, Manuel Salviano já sabia que havia coisa séria a discutir. Desde que dele se haviam acercado, os dois agitadores, sempre que tinham algo grave a dizer, levavam-no ao botequim do Zeca. Ocupavam sempre a mesa ao fundo e o próprio berreiro que faziam um ou dois beberrões sempre a tomar cachaça em pé, na pedra-mármore ao lado da caixa registradora, era garantia de uma possibilidade excelente de conversa em segredo, sem as desvantagens da procura de cantos escusos. Aliás, era quase sempre Júlio quem falava com Salviano. João Martins conhecia todos no boteco e não havia melhor cortina de fumaça do que a afabilidade com que falava ele ao taverneiro e aos fregueses, enquanto Júlio e Salviano bebiam pacatamente uma cerveja. Nada menos semelhante a uma conspiração.

Enquanto Salviano e Júlio sentavam-se à mesa de sempre, João aproximava-se do Zeca taverneiro.

Júlio Salgado fitou o companheiro de mesa bem nos olhos:

— Salviano — disse —, desde que conhecemos você, o Partido adquiriu uma significação em Juazeiro, uma importância nova, e devo dizer que ainda não houve nada que sugeríssemos a você e que você não realizasse. Mas agora chegou o momento da ação verdadeira. Só há um meio de frustrar a procissão do dia 15 e transformá-la na base de uma ação duradoura, que possa levar à revolução.

— Escute — respondeu Salviano, interrompendo. — O João da Cancela está disposto até a jogar dinamite embaixo do barco maior, onde vai o andor. Com os homens de Porecatu, habituados lá no Paraná a briga de tiro com grileiros da marca do coronel Juca Zeferino, ele acha mesmo uma coisa assim possível.

— Isso nós só aceitaremos que ele faça se não houver nada melhor, Salviano.

— Melhor? — disse Salviano. — Pois então mandar pelos ares os bispos que vêm aí, junto com esse padre Generoso do Juazeiro, descansados que nem rio em tempo de seca? Melhor do que isso?

— Você precisa racionalizar seu justo horror à religião, Salviano. O que o Partido quer é destruir a própria religião, em lugar de dar cabo de meia dúzia de padrecos.

— Ah, mas isso quem é que vai viver para ver? Tem mais padre por aí do que mato e essa gente do Brasil não aprende não. Quando aparece o padre, fica todo o mundo bobo, todo o mundo quer logo cair de joelhos. Qual, isso aqui não vai mesmo para a frente não. Só bomba é que adianta.

— Não é só bomba não, Salviano, desde que comecem a aparecer líderes do povo como você. Preste bem atenção. Você imagine um revolucionário realmente de vista comprida, um homem assim como você, que eu já vi fascinar os posseiros com meia dúzia de palavras, imagine que esse homem, odiando a Igreja e os padres como você odeia, resolvesse *fingir uma conversão*. Você já pensou nisso, Salviano? Não uma conversão quieta e que fizesse o homem dar para ir à missa todos os dias, mas uma conversão que o transformasse — para inglês ver, é claro — num cabra feito o Padre Cícero lá do Ceará ou mesmo como o Antonio Conselheiro? Imagine com que cara ficaria esse pobre tolo que é o padre Generoso, com seu reumatismo e sua úlcera no estômago, tendo de fazer frente a um beato como os dos velhos tempos, um iluminado destas caatingas, um homem de Deus, áspero com os pecados alheios...

— Se aparecesse um desses malucos o Generoso ia perder muito do prestígio — disse Salviano com o rosto sem nenhuma expressão, assim como se não houvesse entendido a proposta.

— Sim, mas me compreenda bem. É preciso aparecer um iluminado *que não seja iluminado* — que se alumie apenas com a luz da razão e do Partido —, um santo que só lute pelo reino deste mundo, um novo tipo de beato que dirão misto de padre e de Antônio Silvino lúcido, um Virgulino Lampião com rosário enrolado no rifle e um plano de revolução no bolso. É preciso para isso um homem de fibra, que saiba falar aos trabalhadores como você e disfarçar diante das autoridades como você disfarça. Será fácil a você começar sua carreira pretensa de iluminado, graças ao crédito de bom moço que acumulou.

Manuel Salviano, habituado a não mostrar na fisionomia as emoções, limitou-se a afastar a cadeira da mesa antes de dizer a Júlio:

— O que é que o senhor está querendo? Que eu faça esse papel de idiota?

No seu rosto de bronze, enxuto de carnes, os olhos fuzilavam.

— Eu vou andar por aí como esses beatos andrajosos, comendo em cuia de esmola e falando ao povo no fim do mundo? Como é que isso pode servir ao Partido ou lá a quem seja? Eu tenho ajudado o Partido desde o Paraná, porque ele tem ajudado a ensinar esses coitados a brigar com grileiro. Mas nenhum partido do mundo vai me fazer de judas da semana santa, para criança rir e jogar pedra.

— Salviano — continuou Júlio, com seus olhos presos aos olhos incendiados do outro —, pela primeira vez vejo você como um homem vaidoso, um homem sem ideal nenhum. Em primeiro lugar um tipo como você nunca há de fazer ninguém rir. Em segundo lugar me diga uma coisa: apesar de todos os nossos esforços, que é que conseguimos fazer até hoje para ajudar esses espoliados? Que é que conseguimos no norte do Paraná ou no sul de São Paulo? Quem é que ganhou sempre no fim?

— O grileiro, sei lá, o fazendeiro endinheirado por trás do grileiro, o governo do estado ou da República, não sei. Só sei que lavrador é tocado da terra quando a terra está valendo alguma coisa.

— Mas você já não arrancou os cabelos tantas vezes por ver que o próprio lavrador abandona a luta? E já não viu como a mulher do lavrador está sempre a dizer a ele que se resigne, que é assim mesmo, que Deus mandou que todos se amassem, e que o padre disse que na terra quem manda é o governo e que quem, neste mundo, perder um hectare de terra para o governo ganha mil alqueires no céu?

— Ah, quando eu me lembro daquele batina de linho! Ah, como é que não esganei o safado? — disse, trêmulo de raiva, Manuel Salviano.

— Quase que esganou... E se o Partido não carregasse você para Blumenau, apesar de você não ter querido entrar de verdade para o Partido, adeus Manuel Salviano, adeus marcenaria em Juazeiro...

— Se o Partido agora está querendo cobrar isso, diga logo, seu Júlio. Eu sou homem de gratidão, sabe? Me atiro no S. Francisco com uma pedra no pescoço já, já, se quiser. Mas não me peça que vire palhaço porque minha vida não vale tanto. Valia menos ainda no norte do Paraná, quando eu não estava casado. Mas mesmo tendo que deixar a Irma.

— O Partido precisa de você vivo, Salviano, e quer as mesmas coisas que você quer: terra e liberdade para os camponeses. Mas isso não se consegue a ponta de faca ou esganando padres. Isso se consegue com miolo, com inteligência. Em primeiro lugar, a gente precisa fazer a mulher desses imbecis de lavradores...

— Imbecis, seu Júlio? — perguntou Salviano meio espantado, meio escandalizado. — Se fossem eu não queria morrer por causa deles. É gente muito boa. Só é ignorante, como eu antes de aprender a ler.

— Sim... Eu só quis dizer. Isso... exatamente, analfabetos. Como eu ia explicando, se elas acharem que os maridos devem marchar sobre Juazeiro, ou até tocar fogo na cidade, em nome de Deus, estará tudo bem. Se o Padre Cícero tivesse mandado os fiéis tocarem fogo na Juazeiro do Ceará, era tiro e queda. Mas estou convencido de que essa gente só anda empurrada por Deus, isto é, por uma mentira igual a Papai Noel. O pior é o Partido até agora só ter tentado ensinar a essa gente que são homens livres, independentes de qualquer boneco metido no céu, quando num país de cretinos como este coisas assim só podem ser ditas depois de vencer a revolução. Imagine estas terras divididas, Salviano, o Partido fiscalizando as colheitas, você como chefe local, organizando a vida agrícola de toda a zona sanfranciscana, sangrando esse bruto rio inútil para dentro da caatinga, amarelando de milho a terra cinzenta onde hoje só dá xiquexique... Pense nisso, Salviano.

— Mas... Mas não entendi direito. Como é que vou fingir ser aquilo que mais odeio?

— É o mais fácil. O que não conseguimos é ser como aquilo que amamos — disse Júlio olhando o Martins, já um tanto alegre, que se curvava para cumprimentar Ritinha, que ia entrando.

Júlio fez um esforço para continuar convencendo Salviano. Seu desejo era dizer que só se age quando o ódio é o motivo, que só se cria quando o fim último é destruição. Na terra erma, sob o céu vazio, a única coisa que pode existir é a maldade do homem fiando sua própria história sob as estrelas frias. Mas disse, com uma voz de orador em discurso de 7 de setembro:

— Imagine, Salviano, louros milharais erguendo seus pendões sobre a terra calcinada...

Salviano estremeceu diante daquela imagem de uma lavoura de ouro no solo grisalho. Evocou claras cabeças de Blumenau e Joinville e obscuramente associou os milharais aos filhos que não conseguira ter de Irma.

Júlio olhava agora João Martins, que queria fazer a cabrocha beber um pouco da sua batida de limão. Ritinha curvou-se para o cálice, onde umedeceu os lábios, mas seus olhos redondos já haviam descoberto, de costas para ela, Salviano e mal ouvia o que dizia Martins.

Júlio imaginava, naquele instante, a caatinga cinzenta crescendo como um tapete pelo mundo inteiro, galgando montes e vales como um linóleo, abafando todos os verdes como um sudário. Salviano via as colheitas como um exército tomando conta da terra e nela fincando bandeiras amarelas de milho em flor.

— Para isso — ia dizendo Júlio — é preciso que você hipnotize essa gente. É preciso que convença a todos de que fala em nome de Deus, que de repente lhe veio a inspiração dos céus. No dia da procissão de Nossa Senhora da Glória, tome o andor da mão do padre Generoso, tripule com seus homens o barco, apodere-se da igreja de Petrolina quando lá estiver todo o mundo e, então, dentro da igreja, então sim, diga àquela gente que você é um membro do Partido, que Deus é uma mentira dos padres, que querem viver sem trabalhar, que o Reino dos Céus começa e acaba no bojo dos caixões de defunto, que a luz da eternidade só dura enquanto está acesa a vela dos moribundos...

— Isso! Isso eu gostava de dizer — respondeu Salviano, aturdido.

— Mas isso é a apoteose, Salviano. Antes vem todo o resto, que eu estou propondo a você.

— Como é que eu vou começar a fazer o que o senhor me propõe? Ninguém vai acreditar. O João da Cancela, por exemplo, vai morrer de rir de mim, se eu disser a ele que... Qual! Não é possível — completou Salviano rindo, mas ainda trêmulo, com as palavras de Júlio a lhe zumbirem no ouvido como abelhas prenhes de mel.

— É possível sim — respondeu o outro, certo de que, se o Martins se aproximasse mais da cabrocha, ele daria com o punho na mesa. — O João da Cancela rirá talvez, a princípio, mas quando sentir o fogo com que você fala, e compreender que, *sem mudar os objetivos de todos eles, você está se colocando a favor da mulher deles, a favor da religião*, então você verá como a coisa funciona.

— É, é capaz mesmo — disse Salviano coçando o queixo e já possuído pela ideia. — Mas escute: que fará o Partido no dia da procissão?

— Ah... O Partido?... Mas claro que estará aqui, em força. Estarão em botes no rio, estarão guardando e cercando a igreja...

Júlio Salgado via, olhando os olhos ardentes de Salviano, a carnificina de Nossa Senhora da Glória... Evidentemente, o único meio de acabar com a Revolução ordenada pelo Partido era abater Salviano e seus dementes a bala. O que o Partido queria era o tema, a desenvolver depois. Salviano podia mesmo virar herói: seria talvez o cangaceiro místico, o ateu iluminado pelo idealismo do Partido e dirigindo as massas nordestinas rumo a um destino mais alto, numa sociedade sem classes e sem proprietários. Mas, sobretudo, o Partido queria Salviano morto. Um homem que sobrevivesse sabendo quanto ele sabia seria pior que tudo.

— Não — continuava Júlio —, se você se dispuser a fazer o que proponho, a "festinha" de Nossa Senhora da Glória está garantida. Temos até mesmo aviões para transportar você e os chefes de regresso ao Sul, caso a situação se complique. Está tudo a postos.

Salviano fechou a cara, fitando um ponto na parede, fechou os punhos, fechou um instante os olhos, como se estivesse chamando para dentro de si todas as suas forças e seus sentidos. Agradou-lhe a imagem violenta que viu de si mesmo, lembrou-se de velhas histórias de Adolfo Meia-Noite e Jesuíno Brilhante, ouvidas na infância, e resolveu aceitar.

— Imagine o que pensará a Irma quando souber que eu vou...

— Irma continua sem saber que somos do Partido ou que você conspira conosco, não é?

— Continua. Nem sombra de saber! — disse Salviano ofendido. — Pois eu não prometi desde o princípio? Mas agora é diferente, agora...

— Agora — disse Júlio novamente alerta, fitando o outro com toda a força da sua personalidade —, agora é capital que você não lhe diga nada.

Salviano fez um gesto de espanto. Júlio prosseguiu:

— Ela saberá de tudo quando chegarmos ao fim da história, mas antes é impossível. Por maior que seja a confiança que você deposite nela, estou certo de que tudo ruirá se lhe disser antes... da vitória final. Imagine a reação de Irma, que ainda nem sabe da espécie de nossas relações, se, além de saber delas, souber de Operação Canudos.

— Souber de quê?

— Operação Canudos. Nosso plano tem esse nome por causa da guerra de Antonio Conselheiro contra o Governo.

— Eu conheço a história — disse Salviano. — Canudos acabou arrasadinha, arrasadinha, e não sobrou ninguém.

Júlio bateu-lhe nas costas, rindo:

— Eta moleque sabido em história! Mas Canudos acabou arrasadinha porque naquele tempo não tinha o Partido para ajudar os jagunços. Hoje a coisa seria muito outra, seria como a nossa "festinha" de 15 de agosto.

— Mas a Irma! — exclamou Salviano. — Vai ser o diabo. Ela vai pensar que eu fiquei doido quando ouvir dizer que estou falando feito um beato desses aí.

O que seria excelente, pensou Júlio Salgado. Também isso está no programa. Tudo está no programa, exceto a sombra de desconfiança de que o Partido tenha algo a ver com a organização da coisa. E — disse a si mesmo com amargura, à ideia de que o Partido se preocupasse em salvar alguém depois da festa — salve-se quem puder!

— Ela vai pensar que você é doido por muito pouco tempo — disse Júlio em voz alta —, pois daqui a pouco estamos em agosto e num instante chegará o dia 15. Na véspera, ou no dia 15 de manhã, eu mesmo explicarei tudo a Irma, se você quiser — ela vai achar o plano formidável, é uma mulher inteligente —, e para o que der e vier ficará no campo de aviação em Petrolina, pronta a partir com você.

Solene, Manuel Salviano estendeu-lhe a mão:

— É um trato. Aconteça o que acontecer, eu experimento. Confio no senhor, seu Júlio, que é homem às direitas.

Se qualquer coisa inesperada atrapalhar o plano, se me acontecer não sei o quê, o senhor leva Irma de volta para os pais dela em Blumenau, não leva?

— Ora, isso nem é preciso dizer. Mas não vai acontecer nada.

— Eu ando mesmo cansado de alisar madeira. Só a ideia da gente começar a marretar esses grileiros e esses coronéis e esses padres me dá coragem para tudo, até para bancar o maluco.

Felizmente, já haviam chegado ao fim da conversa, pois Ritinha, afastando João Martins bastante alegre agora, viera mansamente por trás de Manuel Salviano e lhe colocara as mãos sobre os olhos:

— Adivinha quem é.

Salviano conheceu o perfume de benjoim da cabrocha, mas fez-se de desentendido. De uma forma obscura, a exuberante satisfação que sentia agora imaginando-se o herói de Operação Canudos era completada pela homenagem do amor e do desejo de Ritinha. Ele sempre sentira que havia um destino à sua espera — ou sentira-o pelo menos desde que, inquieto, deixara sua zona do rio do Peixe para andar pelo Brasil, para aprender coisas, para, afinal, agir como um fermento de indignação entre os espoliados do norte do Paraná. Agora, esse destino parecia começar a tomar forma e aquele benjoim o marcava, ungia, na ponta dos sedosos dedos escuros...

— Ah, Salviano, você é a minha diferença — disse João Martins acercando-se, voz meio trôpega. — Essa Ritinha não quer nada comigo, que sou poeta e vou ser dono dos vapores...

— Ah, seu enjoado! Por causa de que você foi falar? Meu caboclo ainda nem sabia quem estava aqui.

— João, deixa de ser criança e de se embriagar como um idiota — falou Júlio Salgado.

— Eu não me embriago como um idiota, meu caro chefe e amigo, e sim como um apaixonado da Ritinha, uma das mulheres mais extraordinárias que já conheci. Administra esse corpo e essa vida dela como se tivesse feito um curso de cem anos.

— Melhor do que você administra a sua vida ou o seu corpo, meu caro João.

— Ah, o meu eu vou evaporar na lida insana e no tropel das paixões. O dela, Ritinha só o dará por bem empregado se Salviano quiser apossar-se dele.

— Como fala esse cabra, Deus do céu! — exclamou Ritinha. — Se tu quer dizer que eu sou toda do meu caboclo no dia que ele cismar, tua falação está certa, isso está.

Enquanto Salviano e Rita conversavam — ele, como sempre, afável e sorridente, ela franca, honesta e oferecida —, João Martins puxou a manga do blusão de Júlio:

— Salviano aceitou?

— Aceitou.

— Então pode ser que eu arranje alguma coisa com a Rita depois do Dia de Nossa Senhora da Glória, não acha?

5

Foi num estado de vago terror e de íntima náusea que Manuel Salviano se levantou no dia seguinte. Era dia de viajar para o sítio do João da Cancela, onde há meses reunia ao seu redor, uma vez por semana ou pelo menos por quinzena, os lavradores e lenhadores das redondezas. Os encontros eram marcados pelo Cancela quando vinha à marcenaria e, no dia combinado, Salviano levantava-se antes de qualquer galo pensar em cantar. O motivo ostensivo das suas madrugadas semanais era o fato de ir ele encomendar pessoalmente as madeiras de que estava necessitando — mesmo para Irma a explicação era essa. A mulher já sabia, e mesmo na cidade de Juazeiro se começava a saber que Manuel Salviano tinha grande influência entre os trabalhadores. Mas isso era preguiçosamente explicado pelo fato de ser ele um dos pouquíssimos que sabiam ler e escrever. Seja como for, sabia-se de sua influência, mas ignorava-se que ele houvesse estado nas zonas de distúrbios do norte do Paraná ou que, em suas visitas ao sítio de João da Cancela, não tivesse realmente o objeto único de escolher suas madeiras. Muito natural que nessas ocasiões — dizia-se dando de ombros — aqueles pobres ignorantes lhe viessem pedir notícias de Juazeiro e do mundo em geral. Nada havia nisso de estranho.

Em geral Salviano se levantava, nos dias de ir ao sítio do Cancela, satisfeito. Caminhava umas três horas, em passo ligeiro, mas sem se preocupar com embornal ou qualquer carga que fosse, e era sempre com prazer que via o dia nascer na caatinga, quando o sol raso dava a cada mandacaru um exagero de sombra pelo chão. Mas naquele dia, depois da conversa com Júlio Salgado e sabendo que ia ter de bancar o convertido diante dos cabras, naquele dia o café lhe tinha sabido mal, o caminho parecia imenso e o sol solene: solene e triste como o amigo que descobre algo errado que fizemos e que sofre por precisar nos advertir. Aquele sol, pensou Salviano, sabia de tudo.

Quando já ia perto do sítio do João da Cancela, o mal-estar de Salviano transformou-se em positivo nervosismo. Se ia começar a farsa naquele dia mesmo, então precisava estar preparado desde já. Que espécie de cara devia fazer, quando em si pousassem os honestos olhos garços do amigo Cancela? Como devia falar aos homens, naquelas conversas em que às vezes se exaltava ao ponto de sentir que se lhe reviravam os olhos nas órbitas — mas sempre com apoio em algum fato, algum recorte de jornal, alguma injustiça? Ele já vira beatos bramindo nos sertões, barba e cabelos imundos de pó, uma túnica indescritível com cruzes bordadas a retrós, cajado na mão e a puxarem um bicho tão sujo quanto eles, um carneiro ou cabra. Eram homens que um dia falavam em coisas terríveis que haviam de acontecer quando a cólera de Deus fosse vingar a morte do Calvário, e que, no dia seguinte, pipilavam tolices que sem dúvida passariam quando o Filho de Deus viesse ao sertão para transformar as pedras em rebanhos e para encher de leite os rios secos.

Podia fazer um papel daqueles? Ah, que demônio o fizera aceitar a proposta doida de Júlio Salgado?

Ao mesmo tempo, porém, vinha-lhe à mente a imagem insidiosa da cena final, na igreja de Petrolina, desenhada pelo agitador e que Salviano aprofundara como um santeiro escavando a madeira onde está fazendo um profeta. Aquela cena final era a sua redenção aos olhos do Cancela e de todos os demais, além de ser o supremo desafio aos bispos, ao padre Generoso, ao mundo inteiro. O plano estava bem arquitetado pelo Júlio, pensou, pois o Cancela e todos os demais não seriam perseguidos pela Polícia; depois, de vez que haviam sido "enganados" por ele, Salviano, que se disfarçara em beato... Perigo, mesmo, só correria ele, Salviano, e coragem seria a sua de fulminar os padres do próprio púlpito da igreja, de fulminar a religião dentro da Casa de Deus. Ah, isso pagaria tudo! Às escondidas, sem que Irma o visse, e para ter alguma ideia do que dizer aos homens no sítio do Cancela, Salviano estivera folheando e lendo uns trechos da Bíblia em português que Mr. Wilson deixara para Irma. E deparou logo com a história do profeta Elias, de que se lembrava confusamente, e que ascendeu aos céus num carro de fogo. Assim, ele, quando o pasmo e a indignação na igreja estivessem no apogeu, ascenderia aos céus no avião do Partido.

Sim, aquilo, sem dúvida, ia compensar tudo. Mas até lá... E se não sabia como ia encarar o Cancela, menos ainda sabia como encarar Irma, ao cabo de alguns dias, quando tivesse de dizer alguma coisa, de explicar. Era árduo o seu caminho para o sítio do Cancela, pensava Manuel Salviano, enquanto o sol dourava na estrada a flor dos facheiros.

No paiol vazio em que Salviano arengava os lavradores quando ia visitar João da Cancela, o único mobiliário era, apoiado contra o muro, o grande caixote em que se sentava Salviano para falar aos companheiros recostados à parede, num pé só, ou sentados no chão, frente ao caixote. Quase sem saber Salviano adotara um "estilo", ou pelo menos um exórdio. Começava sempre contando uma história, pois inconscientemente já vira que as histórias prendiam a atenção daqueles ouvintes de olhos um tanto perdidos em distâncias imensas. Começava dizendo:

— Naquele dia, em Porecatu, antes de vir a Polícia de rifle para cima dos posseiros, o Janjão de Sousa ainda veio me dizer, como se andasse com um rei na barriga, que eu não devia ficar fazendo zoeira entre os homens, que as terras não iam ser tomadas e que aquilo de tocarem os de Porecatu para o centro do Paraná era conversa fiada. Isso era o que Janjão de Sousa andava dizendo antes do almoço. Pois antes da janta não dizia mais nada não, estirado na cama com uma bala no ombro. E quando sarou foi para largar sua terra no norte do estado e pegar terra brava lá longe. A diferença é que agora Janjão de Sousa só tinha um braço para roçar a terra.

Depois da pequena história, alertada a atenção dos homens, ele falava na maldade que mora na alma dos ricos e na fraqueza que é a eterna companheira do pobre.

— O engraçado — dizia colérico — é que, quando um rico se sente ameaçado, sai rico até debaixo das pedras para ajudar aquele compadre. Mas pobre cisma de viver sozinho. Pobre faz mutirão quando é para plantar uns pés de milho depressa ou construir um rancho em dois dias. Mas, quando ameaçam arrancar todos os seus pés de milho ou derrubar a sua casa, ele assunta sozinho, não sabe com quem falar, e quando pensa em fazer alguma coisa já está sem nada neste mundo. Pobre só se arrelia quando já é tarde demais.

E daí partia para a propaganda:

— Só quero que vocês imaginem uma coisa: imaginem todos os pobres juntos, com rifles, com paus, com ferro de tocar boi, imaginem todos os pobres do S. Francisco subindo juntos para o Cariri, baixando lá para a pancada do mar! Quem é que pode resistir a nós todos? Quem é que vai mandar a gente parar?

Mas, naquele dia em que devia falar na sua conversão e em Deus, Manuel Salviano, depois de sentar no caixote, pousou os olhos no chão, em vez de olhar o seu grupo. Os de pé, descansando numa perna como cegonhas amarelas, saíam daquela modorra equilibrista e se deixavam escorregar pela parede até sentarem no chão, coçando o dedão. Estranhavam a demora de Salviano em começar. João da Cancela, postado à esquerda de Salviano, de cócoras no chão, pitava seu pito de barro, também um tanto intrigado com a demora. Finalmente, Salviano, enchendo o peito amplo e coçando uns fiapos de barba no queixo, começou:

— Home, esta vida da gente é mesmo uma coisa esquisita... A gente sabe tão pouca coisa que um belo dia a gente descobre até sobre a gente mesmo coisas que ninguém havia de dizer... Eu que estou aqui sempre falei nos padres que vivem com a boca cheia de reza e de amor pelos pobres mas que na vida mesmo de verdade estão sempre com os donos dos gados, das fábricas, das árvores. Sempre falei mal deles, mas outro dia só é que vi que eles eram... homens de Deus.

Dois dos capiaus escorregaram pela parede e sentaram, boca aberta, e o João avançou um pouco a cabeça para a frente, quase furando o rosto de Salviano com a mirada dos olhos. Salviano sentiu que crescia dentro de si uma raiva enorme de Júlio Salgado e que uma raiva ainda maior envolvia todos os padres do mundo. Para não começar estragando tudo, o melhor era mesmo descarregar em cima deles aquela ira incontrolável e fazer o elogio do Senhor Deus, que pelo menos não existia.

— Não entendam mal não — disse Salviano, as faces aquecidas, e sentindo a familiar visita da eloquência —, esses trapos de gente que a gente vê por aí, cevada nas esmolas, no suor do povo, esses padrecos malandros que vivem à custa de tudo, menos de uma enxada honesta ou de um machado, isso é o que tem de pior em todo este Brasil e em cada pingo desse S. Francisco. Se tivesse por aí uma praga de padre como tem de algodão, uma praga que fosse roendo da batina até o tutano dos ossos dos padres, palavra que eu acendia cem velas no Bom Jesus para que a tal de praga baixasse aqui neste vale e criasse raiz.

Os ouvintes, tranquilizados, reconheciam o Salviano de sempre. Mas indagavam lá de seus botões que história tinha sido aquela do começo, dos homens de Deus. E Salviano agora já sabia como continuar:

— Por eles ser gente assim, tão ruim mesmo, é que eu não entendia como todo o mundo no Brasil ia atrás deles. Que tempo que a ideia tinha entrado na minha cabeça e eu não queria deixar ela assentar, sempre espantando ela como uma mosca. O que a ideia estava me dizendo é que padre é homem de Deus. Ele pode não ser homem, de tão ruim que é tantas vezes, mas o povo vai atrás dele porque ele fala em nome de Deus, e de Deus eu não estou mais fugindo, companheiros.

Sem nem mesmo querer olhar o Cancela e compreendendo pela cara dos outros que a estupefação era geral, Salviano pediu socorro às palavras, puxando à tona da memória histórias que tinha ouvido de conversões e que escarnecera ao ouvir.

— O fato que eu hoje queria contar a vocês é que no meio da caatinga, debaixo de um sol de rachar, eu vi aquela nuvem de ouro que veio descendo e nem vi a figura que estava nela porque brilhava demais, mas vi na terra a sombra de dois dedos compridos, uma sombra enorme, feito uma forquilha cobrindo facheiros e juremas e atravessando o rio. Ainda tentei ver de novo a figura porque uma coisa assim tão clara e tão cheia de luz devia ser o Santo lá da Lapa, mas qual! É muito mais fácil a gente dormir de olho aberto pregado num sol do meio-dia em ponto do que virar a cara, de pálpebra meio arriada, para uma nuvem daquela e uma coisa assim, que alumia como aquela nuvem, e eu então caí nos joelhos e fiquei tremendo. Quando abri os olhos a nuvem de ouro tinha desaparecido mas a luz tinha sido tão forte que mesmo o sol de rachar, que antes parecia tão forte, agora era feito uma bola escura. Eu procurei a nuvem e depois olhei no chão para ver a sombra da forquilha dos dedos de Deus mas a forquilha tinha virado uma cruz do tamanho deste mundo, que cruzava o S. Francisco e se deitava na caatinga até as beiradas do horizonte. E, mesmo feita de sombra, aquela cruz brilhava muito mais no chão do que o sol peco pendurado no céu.

Quando Manuel Salviano, meio tímido depois do seu arroubo, olhou em torno, viu que todos — mesmo o Cancela — o olhavam com olhos que nunca haviam tido, nem na hora das melhores histórias. Compreendeu num relance, com delícia e com um terror inexplicável, que Júlio Salgado sabia o que dizia. Se metesse na cabeça daquela gente que era Deus que estavam seguindo, iriam a qualquer parte. Ah, era preciso aproveitar a abusão para livrá-los dos padres. Quando chegasse o dia, em Petrolina, eles iam ficar envergonhados de ter engolido tanta mentira e se tornariam homens de verdade. Confiando na apoteose a vir, Manuel Salviano, agora muito ancho, fez da história da sua conversão e da aparição na nuvem de ouro uma espécie de antologia de tudo quanto ouvira em matéria de conversões milagrosas.

Nem ele sabia que tinha ouvido tantas, que conservara tanta história de abusão na cabeça.

6

Padre Generoso Barbosa, apesar de sentir da sua rede armada no alpendre o cheiro dos cajueiros, e apesar de ter uma caboclinha dos seus sete anos, sentada num tamborete, a impulsionar delicadamente a rede, apesar de tudo isso padre Generoso Barbosa não estava tendo uma sesta ao seu jeito, verdadeiramente despreocupada. Pele queimada de sol, cabelo branco e ralo, a barba por fazer despontando-lhe também branca, era estranho constatar que seu peito de sexagenário, entrevisto pela batina desabotoada, ainda se guarnecia de uma densa alfombra de pelos negros.

Duas notícias lhe perturbavam a sesta habitual. Uma era aquela história do marceneiro Manuel Salviano a virar beato e a atrair romeiros que normalmente nunca vinham ao Juazeiro, gente do Santuário do Bom Jesus da Lapa. Incrível, dizia-se o padre, que aquele homem tão discreto e de vida tranquila de repente prorrompesse a falar em apocalipse e fins do mundo! Onde é que já se vira uma coisa assim? Se fosse um padre da Igreja, no instante em que começasse a se exceder as autoridades eclesiásticas podiam pôr um fim à história, mas um homem assim, um marceneiro qualquer!... O pior era que o homem tratava os padres com dureza e não era inteiramente ignorante. Esses misticismos só deviam dar em gente da Igreja. É bem verdade que não tinha adiantado muito o caso da Igreja com o Padre Cícero lá da outra Juazeiro, no Cariri cearense, mas sempre se podiam controlar um tanto os taumaturgos de batina. Os outros... Os outros eram casos de Polícia! Aqui padre Generoso se arrependeu e fez o sinal da cruz por cima do peito peludo. Quem conhecia os caminhos de Deus, quem podia prever o traçado das Suas linhas tortas! Afinal de contas, se Juazeiro desse um santo ao calendário bem valeriam a pena a insônia à hora da sesta e a azia depois do jantar que lhe estava dando Manuel Salviano.

Mas havia ainda o outro caso, o assassínio do americano, do tal do Wilson. O cadáver de Mr. Wilson tinha sido encontrado num capinzal à beira do rio, com uma pernambucana embebida até os cabos, de viés, no meio do peito e de ponta bem no coração. Devia ter morrido no instante em que bateu, de costas, no chão. O objetivo do assassínio tinha sido o roubo: a maleta em que Mr. Wilson carregava sua mercadoria não estava ao lado do corpo e nem sua carteira de dinheiro estava no bolso.

Apesar de estar a caboclinha a impelir-lhe a rede, padre Generoso, arreliado com tudo aquilo, empurrava-se furiosamente, fincando a intervalos o pé direito no chão de terra batida do alpendre. Com um assassino à solta a desmoralizar-lhe a paróquia, e com o Manuel Salviano, estava mesmo metido em camisa de onze varas. Um assassino e um beato num bom rebanho como aquele do Juazeiro eram como berne e carrapato numa bonita ponta de gado.

Com seus olhos miúdos tornados grandes de assombro a caboclinha nem tocava mais na rede, que jamais vira impulsionada com tamanha energia pelo descansado padre seu amo.

7

Durante dias e dias Irma esperou que Manuel Salviano lhe dissesse alguma coisa sobre os estranhos boatos que corriam a cidade a seu respeito. Ela notou, a princípio, que as visitas do marido ao sítio do João da Cancela se haviam amiudado extremamente. Habituada, porém, ao comportamento excelente e ao amor ao trabalho de Salviano, não pensou em fazer perguntas.

Mas de repente a cidade começou a falar nele como um beato, um homem de Deus, sabia ela o quê! Irma achou graça, da primeira vez, e, com a maior naturalidade, aludiu à história quando Salviano apareceu para jantar. Este se limitou a uma resposta vaga, dizendo que aquela gente ignorante confundia ideias de união e amizade entre lavradores com fala de padre e de religião — e daí dizerem aquelas coisas a seu respeito. Mas tinha sido lacônico, e Irma ficara meio despeitada. Afinal de contas, era o marido dela e portanto devia-lhe explicações mais pormenorizadas. Das outras vezes em que resolvera, por despeito, tratar Manuel com frieza, vira-o sempre inquietar-se, multiplicar suas atenções em torno dela, desfazer-se em carinho, até dissolver o gelo. Mas não agora. Manuel nem parecia mesmo notar que a maneira da esposa mudara. Estaria ele de amores com outra mulher?, chegou a se perguntar Irma, com um sobressalto. Ah, contanto que não fosse aquela Rita desvergonhada, que todos os homens achavam um pedaço, mas que não passava duma mulata muito reles. Não, não podia ser negócio de saia. Se fosse, alguém em Juazeiro já teria vindo contar. O que começava a acontecer, ao contrário, era que gente que passava por ali apontava para a casa em que moravam, uns com cochichos e gestos, outros com estranhas mostras de respeito. Os cochichos às vezes acompanhados de risos, Irma aguentou sem tugir nem mugir. Mas um dia iam passando duas mulheres descarnadas, duas flageladas provavelmente, vindas lá de cima do Ceará, e uma delas tinha dito, apontando a casa, "É aí que mora o beato Salviano", e se benzera.

Aquilo tinha sido demais para Irma. Estava acontecendo alguma coisa de muito estranho com seu marido e ela parecia que ia ser a última a saber. Pois não ia. Naquele mesmo dia resolveu passar na marcenaria para falar com Manuel. Não o encontrou. Decidiu incontinenti seguir para o sítio do Cancela, que não sabia onde fosse. Conhecia apenas a direção geral. Não tinha importância. Perguntaria no caminho.

Não precisou perguntar. Em todo o percurso, foi encontrando pessoas isoladas e pequenos grupos que andavam no mesmo rumo e que falavam em Manuel Salviano, o beato Salviano. Iam também para o sítio do Cancela. Irma não conseguiria reproduzir depois o que pensou durante a longa caminhada. O mais estranho, exatamente, foi talvez o fato de que não pensou nada, de que forçou a cabeça a parar, ou a simplesmente comandar a marcha dos pés. Concentrou-se em querer chegar ao sítio do Cancela, mais nada. Lá, pensaria de novo, depois de encontrar Manuel Salviano e de lhe perguntar, agora francamente, de joelhos, se fosse preciso, que história era aquela.

Não conseguiu vê-lo ao chegar ao sítio. Não conseguiu, também, ver o João da Cancela. Havia toda uma multidão nas terras do sítio, cercando o velho paiol em cujo topo alguém fincara uma cruz e em cuja porta outra cruz fora pintada. Irma pensou que, se dissesse que era mulher de Manuel Salviano, a deixariam passar até o paiol, onde evidentemente estava seu marido. Mas, sincera e honesta consigo mesma, sentiu vergonha. Não queria dizer em público que era mulher de Salviano antes de saber que mistério era aquele que estava acontecendo. Encostou-se a um pé de oiticica e ficou esperando. Não saberia dizer quanto tempo esperou. Saiu da sua cisma — que, mais do que isso, era um processo de retenção da angústia — com um arrepio de pasmo. É que da multidão subira uma espécie de rouca e temerosa aclamação e, quando Irma olhou para o paiol, lá estava Manuel Salviano, mas solene, sem seu costumeiro chapéu de palha de carnaúba, a mão erguida sobre o povo num gesto como de bênção... Irma sentiu um corpo que caiu ao seu lado, de borco, e julgou que alguém se sentira mal. Mas o homem que assim se atirara estava na realidade se prosternando diante de Salviano. Levantou do chão a cara suja de pó e pregou em Salviano olhos alucinados e purulentos, rubros de sapiranga.

— Meus irmãos! — ressoou, cheia, a voz de Salviano. — Vamos primeiro fazer o pelo-sinal e o nome do padre.

— "Pelo sinal da Santa Cruz"... — disseram as vozes reunidas. — "Em nome do Padre, do Fio, do Espírito Santo, amém" — terminaram.

E Manuel Salviano, em seguida, começou a falar:

— Lá no Porecatu, um dia, quando os homens estavam perdendo todas as terras, teve um, o Maneco, homem que tinha baixado do Piancó para o Sul, que soube guardar seu sitiozinho. Quando eu parti ele ainda era senhor da terra dele e aposto que ainda é, se continuou homem de fé como naquele tempo. Quando eu parti não só o Maneco como ainda os três vizinhos do sítio dele ainda estavam lá, e isso porque Maneco era homem alumiado do céu. O grileiro que trabalhava por conta do coronel Jeremias levou um dia uns secretas da Polícia para ter prova de que os homens que estavam lavrando a terra não eram donos dela. Quase todos os lavradores quiseram ser espertos e disseram coisas sobre papéis, embrulharam tudo, brigaram entre si enquanto inventavam as histórias, e o grileiro cada vez sorria mais. Chegaram no Maneco e disseram, como tinham dito nos outros: "De quem é esta terra, Maneco Soares?" E o Maneco disse: "Naturalmente que a terra é de Deus." Os homens ficaram assim meio sem jeito mas o grileiro falou chistoso: "E Deus passou o papel no tabelião, Maneco Soares?" Então o Maneco disse: "Não, porque a terra Deus deu para todos, papel ele só tem para escrever o nome dos que querem a terra de todo o mundo. Deus escreve o nome deles para dar a eles no inferno um lote de fogo, uma enxada de brasa e uma colheita de cinzas." Aí — continuou Salviano — o céu escureceu e uma chuva de água quente começou a cair no grileiro e nos cabras da Polícia, mas não caiu no Maneco nem na terra dele. Os homens fugiram, e o Maneco continuou a cavar a sua terra. Pois aqui também, no Juazeiro, a terra é de Deus e de mais ninguém e todo homem tem direito de mandar na terra que ele cava...

Irma bem lembrava aquela história do Maneco Soares, que Manuel Salviano lhe contara mais de uma vez. Mas contara rindo da inteligência do cabra, que nunca tinha falado em Deus na vida dele e que de repente tinha tido a ideia da resposta. O caso tinha criado fama em Porecatu e o Maneco Soares ria de chorar quando alguém lembrava o acontecido — embora os homens só rissem entre si, para não entornar o caldo. Agora, Salviano fazia daquilo um... sei lá, pensava Irma, parecia história de religião mesmo, e inventava mais o pedaço dos lotes de fogo, da colheita de cinza, da chuva de água quente. E Manuel Salviano continuava, mais agitado, gesticulando, o branco dos olhos aparecendo às vezes:

— ... Mas agora a gente esquece que a terra é de Deus e esquece de oferecer a Deus o que sai da terra que é d'Ele. Antigamente todo mundo era feliz e caía maná de coco e de mandioca nas caatingas da Bíblia mas os lavradores davam a Deus os primeiros carneirinhos que nasciam e os primeiros repolhos. Quem é que pensa nisso agora? No instantezinho em que eu quis encarar com Deus que baixou numa nuvem de ouro, trazendo a luz, um despotismo de luz, vi logo que nem podia pensar em olhar, porque estava pisando uma terra que nunca deu a Deus nem um sanhaço e nem uma vagem verde. Por isso é que ela foi ficando triste e seca.

Irma ouviu por perto um soluço roufenho, falhado, e um som de choro gorado. Era um homem de cara tão roída pela bouba que mostrava à luz, nos tremores da glote descoberta, a tentativa que faziam os soluços de tomar forma e voz. Um asco e um terror inomináveis empolgaram Irma, que só queria ter poderes para calar, naquele mesmo instante, Salviano, e obrigá-lo a ouvir o que tinha a lhe dizer. Misturando-se com aquela turba, ele, Manuel, caboclo limpo, quase branco, decente! Os olhos de Irma, que haviam descido ao máximo horror diante do precipício de carne viva em que tinha se transformado a cara daquele homem ali perto, buscavam agora os olhos de outros romeiros, marcados de tracoma, os pescoços estofados em papeira, a giba dos corcundas e as risadas particulares e incomunicáveis dos malucos. Colecionava aqueles pavores como argumentos que usaria para reforçar o que tinha a dizer a Manuel.

— É preciso, de novo — prosseguia Manuel Salviano, que falara muitas coisas enquanto Irma mirava os horrores que a cercavam —, encher esses sertões de beatos e de penitentes, mas não gente que apenas bata no peito e mexa com os beiços esfregando o terço. Gente que faça o que Deus quer e que saiba que a terra só pertence a Deus e a quem trabalha nela. Beatos e penitentes que cuidem de fazer o Reino de Deus em Juazeiro e nestes matos daqui mesmo. Eu não pude encarar com Deus quando Ele desceu alumiado de sóis na Sua nuvem de ouro, mas o que Ele me disse sem falar foi que o Reino estava aí mesmo, nas barrancas do S. Francisco — só era preciso a gente querer, querer, querer, rezar, rezar, rezar! É preciso a gente só querer o que precisa porque Deus disse que é mais fácil um camelo passar pelo buraco de uma agulha do que um rico entrar no céu, e é preciso rezar o tempo todo porque, quando a gente mesmo não precisa de mais nada, aquilo que a gente reza vai salvar as almas penadas da gente que não rezou! Ah, companheiros, Deus está ficando cheio de ira com o povo do S. Francisco porque o povo não começa a pregar as tábuas da Sua casa aqui neste pedaço do Seu Reino. Um dia desses o céu vai chover uma chuva de pingos de fogo de secar até o xiquexique e o umbuzeiro e de furar a água do rio até o fundo.

A multidão começou a tremer agora quase em conjunto, como se fosse de bambu e o vento soprasse. Quase se ouvia a voz de Salviano assobiando entre aqueles caniços. Dentro de pouco tempo caiu no chão uma mulher, em convulsões. Depois um penitente andrajoso e de pescoço todo enrolado em breves e escapulários espetou seu bordão nos ares, exclamando:

— Eu sou João Batista. Encontrei o maior que eu!

E a voz de Salviano continuava a fustigar e a lançar no chão homens e mulheres:

— Ai daquele que não lutar pelo Reino de Deus! Quando as nuvens de fogo tocarem fogo no sapê de tudo quanto é choça de gente que não reza, nesse dia de cizânia mesmo o cordão do umbigo de menino descansado faz poucos dias vai pegar fogo entre o menino e a mãe! Bate nos peitos, gente, que o dia do fogo vem aí!

Até o filho da Joana da Graça, aquele leproso todo inchado, estava ali perto, gritando e rebolando pelo chão. O mal-estar que Irma sentia desde o princípio virou de súbito tonteira. Ela teve, porém, um medo horrível de cair ali e de ser socorrida pelo filho da Joana da Graça ou pelo homem sem cara. Ou de pensarem que ela também estava amalucada com a falação furiosa do Manuel. Um suor frio molhou a sua fronte e a mesma sensação de úmido desmaio correu-lhe pelas costas, pelas pernas, pelos seios. Irma agarrou-se à oiticica ao ponto de lhe doerem as pontas dos dedos na casca da árvore. Já agora, na sua quase perda de sentidos, tinha a impressão de que, se caísse, era para rolar para sempre entre os leprosos e os feridentos, para se abrir em chagas e derreter em pus. Fazendo um esforço sobre-humano, voltou-se para sair da turba. Felizmente não logrou perceber a massa de povo que tinha de varar para escapar de fato para voltar à solidão e ao ar puro. Foi empurrando gente que nem a via, de tanto que pregava os olhos em Salviano, foi fazendo lentamente seu caminho, indiferente a tudo, abúlica, animada apenas da vontade férrea de sair dali. De repente um homem cochichou alguma coisa ao companheiro. Os olhos indiferentes de Irma reconheceram nele o Rodezindo, um dos lenhadores dos arredores, homem que já tinha acompanhado Salviano algumas vezes até a casa. Rodezindo imediatamente meteu os ombros na multidão e foi pedindo passagem para Irma, que se deixou docemente dirigir. Encontrando um nó mais duro de gente, Rodezindo bradou:

— Abre ala aí, povo. Não está vendo que é a mulher do meu chefe Mané Salviano? Não está vendo que é dona Irma, a nossa santa?

Irma só não esbofeteou o homem por falta de força. Mas teve energia para empurrá-lo e empurrar os outros, que já lhe davam passagem boquiabertos, e para finalmente, sozinha, perdida do Rodezindo, reconquistar a solidão, entre um grupo de árvores onde só lhe chegava um rumor confuso, em lugar das palavras do marido. Sentou-se no chão e deixou que os sentidos lhe escapassem pelas pontas do corpo. Enquanto o rumor confuso persistiu, Irma deixou-se ficar no seu meio desmaio e quase sono. E durante todo esse tempo não pensou em coisa que não fosse o gordo, o risonho Mr. Wilson, que via coroado de maçãs verdes.

"Quem terá matado Mr. Wilson? E por quê?" — perguntava a si própria, vagamente. — "Se ele estivesse aqui, me levava para casa, para longe do filho da Joana da Graça e do homem sem cara."

E mesmo a imagem do assassinado sujo de lodo e de sangue, com a faca enterrada no peito até o cabo, parecia-lhe extraordinariamente limpa e sã.

Ninguém diria, vendo Manuel Salviano entrar em casa de noitinha, que algumas horas antes ele dizia, no paiol, aquelas coisas aos lavradores e pobres reunidos. Mas ele teve a coragem de tocar no assunto espontaneamente.

— O Rodezindo me disse que viu você lá no sítio do João da Cancela.

— Viu. Eu estava escutando o discurso que você fazia àquela gente.

Salviano não respondeu nada. Mas enquanto tirava o chapéu de carnaúba e desenrolava do pescoço o lenço vermelho dos dias de caminhada fez uma coisa que ainda não fizera na frente de Irma. Foi apanhar num canto da sala a Bíblia que Mr. Wilson tinha deixado, sob protestos seus, e começou a folheá-la. Quando pareceu encontrar o trecho que desejava e se dispunha, como tudo indica, a sentar-se para ler, foi interrompido por Irma, que lhe falava com a voz carregada de emoção:

— Manuel...

— Sim.

— Que é que tudo isso quer dizer?

— O quê?

— Pelo amor de Deus, não fique fingindo que não sabe. Eu estive hoje ouvindo você. O que é que aconteceu?

— Ué, há muito tempo que eu falo aos rapazes lá no Cancela, dizendo a eles o que é que devem fazer para não serem embrulhados pelos coronéis e os grileiros.

— Eu sei, isso já tinham me dito. Mas agora é outra coisa. Agora apontam a nossa casa como se você fosse um curandeiro, sei lá, um beato, como eles dizem, e você hoje não estava falando a lavradores. Estava falando a uma multidão imunda, que...

— Gente que veio de Bom Jesus da Lapa.

— Exatamente! Para ver você, Manuel, você que tinha horror de padre e de religião. Gente que larga a gruta do Bom Jesus e viaja pelo rio até cá para ouvir você.

No seu nervosismo Irma levantou da mesa o lenço vermelho que Salviano tirara e exclamou:

— Daqui a uns dias estão picando seu lenço para fazer relíquia!

Salviano não disse nada, sentado no banco de pau que corria ao longo da parede da casinha assoalhada e de cortinas na janela, o indicador da mão direita marcando na Bíblia a página que sem dúvida pretendia ler.

— Manuel! — exclamou Irma agora alarmada. — Você nunca me disse que falava aos lavradores no sítio do Cancela e eu, quando soube, não me incomodei muito. Você estava fazendo o que tinha feito lá em Porecatu e no máximo podia ter alguma outra encrenca com a Polícia. Mas agora é diferente, Manuel. Diga, meu filho, o que é que está havendo?

O próprio Manuel Salviano achava esquisita a sua indiferença, mas a verdade verdadeira é que não se importava com a aflição de Irma. Antigamente, por muito menos ela já o teria levado às maiores explicações e desculpas. Agora, sentia uma espécie de preguiça mental, uma recusa de se aborrecer forjando frases mentirosas. "Dizer a verdade, não posso, posso?" — dizia-se ele mentalmente. Que é que adiantava, então, dizer mentira? Polido, paciente, dedo na Bíblia, ele esperava que Irma tomasse algum rumo e o deixasse só.

— Responda, Manuel, como é que você de repente pode ter começado a falar assim como esses... esses vagabundos?

Manuel Salviano fechou os olhos e deixou seu espírito fugir, por um rápido instante que fosse, às regiões que vivem tinindo de vida nas profundas da gente, em meio ao maior silêncio. Batendo violentamente com a porta, ao sair para a varanda e para fora da casa, Irma o arrancou por um instante ao mergulho. Depois ele se concentrou de novo, ficou alguns minutos perdido dentro de si mesmo. Finalmente, abriu os olhos e a Bíblia, onde a marcara. No Livro de Jó.

8

Júlio Salgado — que já tinha jantado e enfiara-se em chinelos velhos e num pijama sujo — olhou com cólera a tábua do assoalho que levantara para ocultar a mala de Mr. Wilson, com as peças de náilon e as três Bíblias. Que acesso de estupidez fora aquele seu, determinado principalmente pelos livros, que lhe haviam parecido um troféu inestimável — por virem de um americano assassinado e por serem a palavra de Deus que ele capturava? A ideia de que ele aprisionava o chamado Verbo Divino era-lhe simplesmente deliciosa, e a ideia de menos um americano na face da Terra era-lhe agradabilíssima. No fundo daquilo tudo, apenas ligeiramente analisada, guardada para mais tarde, para pesquisas mais finas, jazia a ideia central, um outro binômio de delícias: ele matara Mr. Wilson a bem do Partido mas por amor a João Martins.

Pobre João, como se assustara aquela noite, ao escutar Mr. Wilson a palrar com o Zeca do botequim... João chegara tão assustado ao quarto, tão trêmulo, a balbuciar sua história, que Júlio, sem despertar quaisquer suspeitas no rapaz, pudera alisar-lhe os cabelos, passar-lhe o braço pela cintura e falar-lhe quase como se fala a uma amante.

A coisa se passara logo que os primeiros boatos da "conversão" de Manuel Salviano haviam circulado pelas praças e pelas conversas à frente da Matriz de Juazeiro e na Praça do Mercado. O Zeca do botequim, um português sessentão, resistia perfeitamente bem às solicitações da bebida durante o dia inteiro. Mas ao fechar as portas da tendinha descia lá da prateleira de cima uma garrafa de bagaceira de uva e tomava tranquilamente a sua carraspana. Se houvesse algum freguês de categoria disposto a retardar-se, ele chegava mesmo a lhe oferecer de graça um trago da bagaceira. Se não houvesse ninguém, embriagava-se solenemente só e depois ia, arrastando os tamancos, esgueirar-se entre as cobertas onde já ressonava dona Maria, sua mulher.

Naquela noite, João Martins vinha rápido, pela beira do rio, torcendo para ainda encontrar aberta a porta da bodega. Tinha ido levar até sua casinhola limpa e de uma só peça a Ritinha incorruptível, que não permitia nem que ele lhe segurasse na mão — arre! Cheirosa, o cabelo crespo demais escrupulosamente alisado, dividido ao meio e atado com fita vermelha, a Rita, aquela Ritinha gostosa, tornava o João simplesmente patriótico. "Viva a mistura de raças que amadurece num sapoti desses!", exclamava ele consigo mesmo, fervoroso, olhando na pele escura da mulata os olhos verdes. Mas Rita tinha estado mais distante do que nunca. Depois de falar muito no Salviano, caíra em silêncio. João Martins, cheio de esperanças desde que ouvira, havia mais de semana, que a Ritinha empurrara pela porta afora o barqueiro espadaúdo com quem andava vivendo, não arrancou dela um beijo.

Voltou furioso, com sede de cachaça, e quando ia começando a atravessar a praça viu, em silhueta na porta do botequim, o gordo Wilson que gesticulava e o Zeca, não menos gordo, que trancava a porta. Apesar de saber que o Zeca, depois de arriá-la, não levantava mais a tranca por coisa nenhuma deste mundo, resolveu, desesperado, tentar. Aproximou-se bem da porta de madeira pesada mas mal unida na comissura das duas folhas, e ia bater suavemente quando surpreendeu em meio uma conversa que o fez parar bruscamente, mão no ar, respiração ofegante.

— Não, Sr. Zica [era assim que o americano dizia Zeca], eu lhe garanto que há nisso um pata do coelho, como a senhor vive dizendo.

— Dente de coelho é como eu digo, Mr. Wilson — respondeu o Zeca, bebendo de um trago a bagaceira que já lhe havia molhado a goela bastante.

— Muito bem. O verdade é que Manuel Salviano está fingindo isso de religião.

— Fingindo nada, Mr. Wilson, é que o senhor não vive aqui. Essa gente dá para beato por dez réis de mel coado.

— Dez réis de quê?

— Não se incomode com isso. Por dá cá aquela palha, queria eu dizer. O fato é que quando menos se espera aparece um deles até de cruz às costas, como nosso Salvador. Já vi um que andou de cruz aí por esses carrascais até rebentar. Aliás, esse era sebastianista. O senhor sabe quem foi D. Sebastião?

— Não, mas voltando ao Salviano.

— Os sebastianistas têm muita piada, Mr. Wilson. Lá na minha terra de Carnaxide...

— Eu já contei ao senhor, Sr. Zica, como descobri um criminoso em meu terra pelos patas do cachorro dele?

— Sim, não se incomode com isso. Contou-me o fato algumas vezes. O cão ainda vive feliz, pois não?

— É um cão famoso, no meu cidade.

— Pois assim é. Há males que vêm para bem. Não lhe eletrocutassem o amo, morria o cão sem celebridade.

O Zeca despejou outra bagaceira com um estalo da língua, o que levou Mr. Wilson a dar um gole no seu primeiro cálice.

— Mas ainda não me ouviu contar como eu ajudou o Polícia a descobrir a criminoso um vez estudando o cor das gravatas dos homens que tinham estado na casa no noite anterior. O homem que provou que estava sem gravata era o criminoso. Tinha jogado o gravata fora depois de estrangular o vítima com ela — mas deixou umas fiapos na barba do homem.

— Se em casa de enforcado nunca mais se fala em corda, na casa desse gajo nunca mais se falou em gravata, pois não é?

— É, mas agora escute, Sr. Zica.

— Escuto e bebo — disse o Zeca dando um sorvo na bagaceira.

— Há uma coisa esquisita nesse caso do Manuel Salviano. Ele nem podia falar no religião sem ficar com raiva, ele brigou porque eu deixei uns Bíblias com dona Irma, como é que dias depois começa a falar feito um padre quase?

— Eu já lhe disse que eles aqui veem passarinho verde em qualquer ramo de árvore. Lá na terra há de vez em quando quem veja milagres assombrosos, mas parece-me que aqui essas coisas são mais contagiosas. Talvez porque falte cá o vinho de uva.

— Mas escute, como quem não quer nada eu descobri com dona Irma que o Manuel Salviano andou muito com essas dois engenheiras que querem fazer uma porto para novos navios aqui, para concorrência ao Baiana e ao Mineira de Navegação. Por que é que homens como eles iam procurar tanto uma sujeito como Manuel Salviano e por que estiveram tanto com ele antes do "conversão", como diz o povo aí? Tudo na vida de uma detetive é método, Sr. Zica. Eu então tratei ontem de investigar a vida dos dois engenheiras e não consegui descobrir uma pessoa em Juazeiro que tenha prova de que elas são aquilo que elas dizem ser: engenheiras. E também não vi nenhuma prova do existência de companhia de vapores que eles está servindo aqui há dois meses... *Get me?*

— São bons rapazes, Mr. Wilson, boa gente, frequentam a minha casa e fazem às vezes uma boa despesa. Boa gente.

— Boas fregueses, mas eu vai continuar investigando amanhã. Não sei por quê, mas acho que elas estão ligados com o "conversão" do Manuel Salviano. Quero ajudar dona Irma que anda sem saber o que foi que mordeu no marido.

— Mas nada como uma bagaceira, e cão que ladra não morde, Mr. Wilson — respondeu o Zeca —, e por isso vamos a mais uma pinguita antes de se ir ao leito.

João Martins afastou-se da porta do botequim com o coração espremido no peito e uma coleira de angústia no pescoço. Num átimo chegara ao hotel onde, mal acesa a luz, sacudiu Júlio Salgado na cama. Ao estremunhado companheiro foi falando como uma catadupa:

— Vamos arrumar as malas e tratar de sair daqui agora mesmo, Júlio. O americano sabe tudo. Amanhã será tarde demais. O vapor da Baiana deve atracar aí de manhãzinha, quando o americano ainda estiver dormindo.

— Mas o que é que tem o americano? — perguntou Júlio sentando-se na beira da cama. — É um espião?

— Quem sabe? Pode ser que seja.

— Mas por que é que ele mete tanto medo a você? — indagou o outro, impaciente.

— Ah, para que é que eu fui me meter nisso? Antes você já tivesse dito ao Partido que eu não servia para nada. Você ameaçou mas não disse. Agora... Agora vamos ser descobertos aqui, conspirando... Provavelmente vamos ser presos juntamente com o Salviano... Você já viu a cadeia de Juazeiro? É uma das coisas mais infectas do mundo, Júlio...

— Pare com isso, seu poltrão! — gritou Júlio, irritado. — Que é que disse o americano? Quem é ele, se não é o caixeiro-viajante que diz ser?

— Eu acho que é caixeiro-viajante sim — retrucou João mais amansado e um tanto atemorizado com a rudeza do companheiro —, mas ele está desconfiadíssimo da conversão de Salviano. Como é metido a detetive, andou fazendo umas investigações. Primeiro foi falar com a Irma, que disse a ele que nós víamos frequentemente o marido, e então resolveu investigar a nossa vida. Já está certo de que a história do nosso porto e a da nossa companhia são invenções... Compreende agora — terminou João Martins —, está vendo por que estou tão alarmado? O remédio é sairmos, é arrumarmos as malas.

Júlio pediu pormenores e João detalhou a conversa que surpreendera. Estava certo de que o Zeca, no fim, estava inteiramente bêbado e que, de qualquer forma, não dera atenção às histórias do americano.

Foi então que Júlio acariciou os cabelos de Martins e bateu-lhe no ombro, para lhe infundir confiança, e lhe disse que tudo acabaria muito bem — sem fuga nem nada. Ele que fosse dormir em paz. Onde estava o pijama? Ia ajudá-lo a vestir-se para dormir. Afinal de contas, ele, Júlio, podia ser seu pai, não podia? Tudo ia acabar muito bem.

Depois de ver João Martins na cama, Júlio, num frio instante de felicidade, dirigiu-se à janela, depois de haver apagado a luz. João agora precisava dele, estava amedrontado, abalado. Ele, Júlio, conquistaria o outro pela admiração. Iam ver como eliminava o americano bisbilhoteiro. E cuidaria de observar se o Zeca botequineiro não ia desconfiar de nada. Ao menor sinal, despacharia o portuga também.

Cedinho de manhã Mr. Wilson saltou da cama, na pensão em que sempre se hospedava no Juazeiro, fez a barba, apanhou com orgulho, seca, nas costas da cadeira, a camisa de náilon que lavara na véspera, e resolveu sair sem tomar café. Tomaria café mais tarde, no Zeca. Precisava esperar o vapor da Baiana. Ia com toda a certeza vender umas calcinhas e combinações.

Quando saiu de casa, avistou, passando distraído naquele exato instante, Júlio Salgado, que Mr. Wilson conhecera na varanda do Salviano, ligeiramente, havia uns dias. Mr. Wilson viu que Júlio tinha parado para acender o cigarro e que, virando-se para abrigar do vento a chama do fósforo, avistara-o:

— Bom dia, Mr. Wilson. De pé tão cedo?

— Sim, eu vai ver o navio.

— Ah, eu também irei, mas antes preciso passar no Salviano. Quer vir comigo? Acho que dá tempo.

Mr. Wilson, que andava querendo mesmo investigar as relações entre aquele sujeito e Manuel Salviano, achou a oportunidade excelente. Saíram juntos, conversando, Salgado olhando cuidadosamente em torno para ver se aparecia alguma pessoa que, vendo-os juntos, pudesse depor depois contra ele. Mas estava tudo deserto ainda e, em poucos minutos de andarem, estavam fora da cidade. Mr. Wilson ia fazendo suas perguntas com tato e cautela. Quantos vapores pretendia o Sr. Salgado botar no S. Francisco? Seis. Havia mesmo dois meses que ele já se achava em Juazeiro? Já. Tinha aprontado algum plano de construção do atracadouro? Sim, vários, a companhia os estudava em São Paulo. Quando começava a surgir ao longe, isolada, a casa de Manuel Salviano, Júlio disse, apontando para as bandas do rio:

— Ué, quer ver que já é o vapor?

— É sim — disse Mr. Wilson consternado. — Eu queria estar no porto quando ela atracasse.

— Pois vamos numa reta pelo capinzal até o rio que num instante chegamos lá.

Logo que se afastaram completamente da zona de casas, Júlio Salgado crispou a mão direita em torno do cabo da faca, protegido por um lenço. Ia apressar o inelutável, o absolutamente inevitável: a morte de um homem. Ajudaria assim a sobrevivência de algo imortal: o Partido. E conquistaria a gratidão, talvez o entusiasmo, talvez mesmo o amor de uma das obras mortais mais admiráveis que já conhecera: João.

Mr. Wilson ia andando na frente e Júlio pretendia assassiná-lo pelas costas. Foi pena que ele se voltasse no instante exato em que Júlio levantava a faca de ponta. Esta lhe entrou pelo peito com tanta força e foi tão direta ao coração que

Mr. Wilson mal exalou um gemido ao cair de costas no capim. Da sua mão direita caiu a maleta, que se abriu e espalhou pelo terreno umas peças de náilon e três Bíblias. Júlio recolheu tudo para dentro da maleta e, quando ia tomar-lhe a alça, relembrou leituras policiais sugeridas pelo próprio assassinado. Tirou, assim, do bolso o lenço que enrolara no cabo da faca e esfregou a alça da mala, para não deixar marcas digitais. Lançou, ainda, um olhar ao americano, cuja vista já se vidrava, e gritou, dentes cerrados:

— Imbecil! Polônio! Quem mandou meter o bedelho?

Andou pelo capinzal uns cem metros e resolveu atirar a mala no rio. As águas a afundariam logo. Súbito, pensou na capa preta e polida das Bíblias que ele repusera na mala, capas que bem podiam guardar impressões digitais, se alguém por acaso pescasse o diabo da mala. Abriu a mala para esfregar o lenço nos livros, mas, ao vê-los, teve uma sensação selvagem de troféu. Guardaria os livros! Em primeiro lugar evitava assim que porventura permanecesse ali uma impressão sua. Em segundo lugar, Bíblias capturadas a um americano assassinado eram algo quase intoxicante. Ia meter os livros no bolso e jogar fora a mala quando ouviu vozes no rio, vozes de alguém que subia a barranca e que veria a mala caindo n'água. Sem pensar em mais nada, enfiou de novo roupas e livros na mala e afastou-se, rápido.

Mr. Wilson não tinha morrido instantaneamente, como parecera. Depois de tombado no chão, tivera ainda cabeça para rapidamente constatar, com uma amargura em que entrava certo orgulho, que tivera razão em desconfiar daqueles dois engenheiros duvidosos. Sentia o filete da vida correndo finíssimo no instante em que Júlio lhe gritara palavras ininteligíveis, mas morrera numa grande alegria detetivesca, apesar de tudo. Qualquer criança ia ver que o móvel não tinha sido o roubo — pois aquele idiota lhe carregava a mala, para dar impressão de assalto com finalidade de roubo, mas deixava-lhe no bolso, e bastante gorda, a carteira de dinheiro! Ah, a Polícia ia ter de investigar cuidadosamente o caso. Felizmente ele tivera aquela conversa com o taverneiro português. Este estava meio bêbado, mas se ouvisse dizer que o americano fora assassinado e que o móvel do crime não podia ter sido o roubo, decerto se lembraria da conversa que haviam tido.

Ainda não haviam passado uns cinco minutos do crime quando uma mulher deu o alarma. O marido barqueiro a deixara bem ali, na barranca — Júlio ouvira as vozes dos dois —, e aos primeiros passos no capinzal ela deparara com o cadáver. Saiu numa carreira de terror na direção da cidade e teve tanta sorte que, mal chegava às primeiras casas, esbarrou no sargento Caraúna.

— Um homem!... Faca nos peito... Lá, sor sargento.
— Morto?
— Pelo cabo que tinha de fora devia estar espetado até o fim das costas.
— Tu é a Maria Peixeira, não é?
— Sim, sor sargento.
— Você depois vai ter de aparecer no inquérito, hem, mulher! Agora inteira a corrida e vai até a delegacia avisar o pessoal. Diz que eu toquei logo para o local do crime.

E o Caraúna andou ligeiro em direção ao ponto do capinzal apontado pela Maria Peixeira. Chegando lá, viu logo que não havia sombra de vida no corpanzil de Mr. Wilson. Abanou a cabeça e resolveu esperar a chegada do delegado antes de tocar no morto. Sentou perto do cadáver. Então, no chão onde se achava, viu, pelo jaquetão aberto de Mr. Wilson, a carteira de dinheiro.

A luta entre a responsabilidade e a honestidade foi rapidamente desempatada pelo bom senso. O Caraúna resolveu ver se valia a pena roubar a carteira. Estirou seus dedos compridos e hábeis pela fresta do paletó do morto e extraiu a carteira.

Caraúna contou o dinheiro. Eram mil oitocentos e cinquenta e cinco cruzeiros. Meteu resolutamente a carteira no bolso e ficou esperando o delegado.

Júlio olhava agora com tanto ódio o ponto do assoalho onde levantara as tábuas para esconder a mala porque, até certo ponto, dava-lhe raiva pensar que ficara com aquele trambolho, quando podia ter feito o esforço de jogar tudo no rio, com um pouco mais de sangue-frio. As vozes não estavam tão próximas assim, afinal de contas. O que lhe dava maior raiva, porém, era relembrar o crime, que não lhe rendera exatamente aquilo que mais o estimulara a cometê-lo — a admiração de João Martins. Este fora surpreendido, ao acordar, com seu companheiro de quarto voltando da rua.

— Aonde é que foi tão cedo? — perguntou ele espantado.

— Ah, seu cabecinha de vento! Pense um instante. O que é que tanto o atormentava ontem à noite?

— Mr. Wilson! — exclamou João batendo na testa, presa novamente do mesmo medo. — Você providenciou o avião? Já podemos partir?

— Não precisamos mais partir.

João Martins não acreditou no que ouvia, mas, obscuramente, gostou da resposta que lhe dava uma esperança de não sair de Juazeiro antes de haver dormido — uma vez que fosse — com a Ritinha.

— Como não precisamos mais partir?

— Não precisamos. Mr. Wilson sofreu um acidente fatal.

— Um... acidente?

— Sim — disse Júlio com uma volúpia de ator que chega à grande fala da noite: — Espetou-se na ponta de uma pernambucana.

João Martins ficou parado, estatelado, incrédulo e aterrado. Júlio tinha esperado uma reação de assombro, mas, depois, uma gratidão máscula, teatral. Imaginara o outro segurando-o pelos ombros, olhando-o bem nos olhos e dizendo:

— Você é único! Que coragem! Que sangue-frio!

Em lugar disso João Martins, agora, empalidecia.

— Você... o assassinou? — disse afinal, num murmúrio.

— Eu servi ao nosso Partido e acho que também dei alguma tranquilidade a alguém.

João balançou a cabeça, como quem não entende bem o que está ouvindo, vestiu-se em silêncio e disse que ia sair. Júlio, o coração pleno de fel, silvou, frio e áspero:

— Veja se agora vai ter algum chilique na rua, quando lhe falarem no Wilson. E olhe, trate de ver quais são as reações do Zeca. Se ele der sinais de desconfiança, você se encarregará de despachá-lo.

João voltou-se lívido:

— Não, isso nunca. Pelo amor de... pelo amor que tem à sua mãe! Vamos embora daqui, enquanto é tempo.

— Não seja tolo. O Zeca não vai desconfiar de nada. Mas mantenha-o sob vigilância, mesmo assim.

O Zeca, cuidadosamente observado, não deu mostras de lembrar sequer a conversa da véspera. O crime fora perfeito. Mas falhara no essencial: não lhe dera a admiração de João Martins; antes fazia com que o outro o evitasse agora o mais possível, e deixara-lhe no assoalho aquela mala incômoda.

9

Irma saiu, batendo com a porta, e por alguns instantes, imóvel na varanda, esperou ainda que Manuel Salviano a viesse buscar, ou se aproximasse para lhe dizer alguma coisa. Como nada acontecesse, deixou a casa, enfeada de rancor, rumo à cidade. Ah, como gostaria de ir visitar a mulher do prefeito ou dar um dedo de prosa com a Mariazinha, filha do coletor federal, que estava noiva em Salvador e dera aquele baile ultraelegante do Ano-Novo. Como gostaria de ver gente da alta sociedade, gente importante, com banheiro de verdade em casa, de ladrilhos e chuveiro, gente de vitrola de mudar disco sozinha, gente — isso acima de tudo, isso principalmente — sem doenças, sem bouba e sem tracoma, gente de religião fina, de apenas ir à missa domingo, de mantilha na cabeça. Irma gostaria, ainda, de falar alemão com alguém. Falando português ela própria se identificava demasiadamente com a história a contar, a história da estranha maluquice de Salviano e daqueles romeiros horrendos de Bom Jesus da Lapa. Falando alemão ela estaria areando as palavras, desinfetando as frases, separando-se, pelo idioma, da história narrada.

Sua escolha de pessoas a visitar era, infelizmente, reduzida. O que conhecia de melhor e mais fino eram os engenheiros, tão atenciosos para com Salviano. Ademais, o Júlio Salgado falava seu pouquinho de alemão. Não falava depressa e tinha a pronúncia bem arrevesada, mas em compensação usava palavras que ela nem conhecia, tão fino era o seu vocabulário. Era um homem fino, educado. Tanto assim, pensou Irma, apreensiva, que talvez fosse estranhar que ela o procurasse, depois de caída a noite, em seu hotel, desacompanhada do marido. Mas precisava, de qualquer maneira, falar com alguém, e Júlio Salgado, de certa forma, seria melhor do que não importa que finíssima criatura, pois com ele poderia realmente discutir a questão de Manuel.

Quando Irma se aproximou da casa, a dona do hotel e vários dos hóspedes estavam empenhados na faina de trazer as cadeiras para a calçada. Foi um bom momento para ela entrar, entre as pessoas e as cadeiras, sem chamar a atenção de ninguém. Bateu à porta do quarto de Júlio e de João Martins, situado na extremidade do longo corredor que carregava a casa, de um só pavimento, por um comprido quintal adentro.

Júlio desfitou o olhar das tábuas que ocultavam a mala e foi abrir a porta.

— Oh... a senhora. Como vai, dona Irma? Alguma novidade?

— Eu gostaria de falar com o senhor. Se não fosse incômodo.

— Ora essa! Claro que não. Mas houve alguma coisa com o Salviano?

— Não... Quer dizer, nada de grave. Ele não está doente, nem nada assim. Mas eu queria falar com o senhor sobre ele.

— Pois me faça o favor de ir para a saleta de entrada, que fica vaziinha a esta hora. Espere lá um instante que eu já sigo.

Enquanto chutava o pijama para um canto do quarto e metia-se em calças de brim e num blusão usado, Júlio Salgado sorria intimamente. Sabia o que ia ouvir. Pelo jeitão bem burguês e vaidoso de Irma, a notoriedade atual do marido provavelmente a irritava sobremaneira... Pobre Irma! Queria construir no meio de sua vida um casamento espaçoso, confortável, sobre os alicerces de um marido trabalhador e ambicioso, que acabasse proprietário e metido na alta política juazeirense. Queria, um dia, voltar a Blumenau num automóvel, olhada com respeito pela família. Via-se, talvez (e agora Júlio sorria francamente), abrindo a mala do carro e tirando os presentes com que cumularia todos os seus... Agora, em lugar do trabalho normal, da ambição, da fortuna, punha-se o marido a arengar mendigos e aleijados e a criar fama de beato. Era o cúmulo, devia dizer-se a pobre Irma. Foi cheio de escárnio que ele se dirigiu à saleta, não de escárnio por aquela mulher que ia ver, mas pela humanidade em geral, sempre a repetir gestos gastos e a reviver histórias sovadas. Ele mesmo que ali estava, indo ao encontro de Irma muito satisfeito, que era ele, a conspirar num lugarejo do interior na esperança de atear uma revolução social, senão uma velha e cansada personagem de mil histórias?

Num vão de janela que dava para o jardim, na saleta fracamente iluminada pela corrente gerada na Ilha do Fogo, do meio do rio, Irma contou a Júlio suas penas, enquanto Júlio, que já sabia o que ia ouvir, divertia-se imaginando qual seria a reação da burguesa Irma se ele, a título de retribuição, lhe contasse que vivia consumido de paixão pelo João Martins.

— Agora mesmo, antes de sair — ia dizendo Irma —, eu tentei obter do Manuel alguma explicação, ouvir dele qualquer coisa que o justificasse, mas ele realmente não se dignou responder coisa nenhuma, seu Júlio, com o dedo marcando na Bíblia que o Mr. Wilson me deu um pedaço lá que queria ler. Nem parecia que eu estava ali. E logo ele, que era tão delicado, tão fino. O senhor sabe, não é mesmo? O Manuel é assim... Caboclo, mas um homem dos mais finos.

— Claro, sem dúvida. Acho tudo isso muito estranho — repetia Júlio pela milionésima vez, enquanto se felicitava pela escolha que fizera de Manuel Salviano para cobaia da grande experiência do Partido no Norte do país. Se os outros agitadores enviados do Rio estivessem conseguindo a metade do que ia conseguir ele ali, Dia de Nossa Senhora da Glória, realmente se poderia dizer que estava em marcha o projeto do Partido, ostensivo entre os membros mais influentes: o de atear a revolução comunista a partir da revolta agrária, a partir dos campos como na China. Ele duvidava de que desse algum resultado definitivo, e o próprio Partido, provavelmente, acreditava tanto quanto ele nas possibilidades da revolta agrária mediante os capiaus, os catimbós, os jecas do interior, massa ainda alheia a tudo, crua e boba. O Partido tiraria — isso sim — muito prestígio político de uma revolução agrária sangrenta, que todos soubessem arquitetada por ele, mas na qual ninguém pudesse provar sua participação. O que lhe interessava primeiro era crescer como um fantasma, uma ameaça constante, um fermento generalizado, um medo comum a todos que não pertencessem às suas fileiras. Isso relaxaria, tímido, o braço da Polícia, das forças estaduais, dos próprios governos, e o camponês iria ficando mais audacioso, sempre a pedir mais, e a pedir ele próprio em lugar de esperar que, no Rio de Janeiro, ministros e federações rurais pedissem por ele, propondo migalhas para apaziguar os que tinham fome de searas. Um caminho longo e improvável, pensou Júlio, enquanto Irma continuava:

— Eu jurava que quando ele soubesse que eu tinha ouvido aquele discurso dele lá no sítio do Cancela e visto aqueles romeiros leprosos a se espojarem no chão, eu apostava, seu Júlio, que Manuel ia pelo menos dizer que não tinha esperado essas coisas e que não ia mais ao sítio do Cancela enquanto andassem por aí esses penitentes do Bom Jesus.

— Sim — disse Júlio com gravidade —, mas é que não se trata só disso. Aqui mesmo, em Juazeiro, gente do povo já chama o Salviano de beato e você sabe como essas coisas pegam. De uns dez dias para cá ele ficou conhecido quase em toda a zona do S. Francisco — e conhecido como beato.

— Eu sei, eu sei — disse Irma, aflita. — Mas então, que significa?

Júlio, nesse ponto, achou que podia tranquilizá-la um pouco sem prejudicar seus planos em nada.

— Há talvez um certo exagero na posição dessa gente em relação ao Manuel, dona Irma. Ele sem dúvida deve ter experimentado algo assim feito uma "conversão", como diz ele próprio, mas é um homem de bom senso. Antes da conversão ele já reunia o pessoal no sítio do Cancela para ajudar todos a não se deixarem iludir pelos grileiros etc. Agora, dá mais força às suas palavras com sua imensa convicção religiosa — mas o povo exagera, transformando-o num desses iluminados meio doidos... Não acha que possa ser isso, dona Irma?

Irma olhou o céu ao longe, por entre as folhas das árvores. Por um instante ergueu-se acima da sua própria personalidadezinha. Olhos pregados nas estrelas, ela desejou apenas acreditar no que lhe dizia Júlio e só pediu, com fervor, que pudesse continuar a viver com Manuel Salviano a doce vida comum de até agora. Sem articular palavras, nem mesmo em sua própria cabeça, propôs a Deus, aos deuses, ao destino ou lá o que fosse abrir mão de todos os sonhos de grandeza que nutrira, desde que pudesse voltar à vida normal: tão grandes eram os seus receios. A Júlio, disse:

— Eu dava tudo para acreditar nisso, seu Júlio, dava tudo mesmo. Eu era capaz de lavar para fora ou até de ser empregada em casa de gente estranha se ele voltasse a ser como era e não se metesse mais com aqueles aleijados e idiotas que até me chamam de santa, só porque estou casada com Manuel.

O desespero contido daquela burguesota tolinha dava-lhe mais pena do que sentira ao ouvir o gemido de Mr. Wilson. Ele não esquecia, naturalmente, o assassínio e de tempos em tempos voltava a recomendar ao Martins que ficasse de olho no Zeca do botequim, mas remorso não sentira nenhum e de remorso continuava livre. Não, era mais patético, em sua estupidez, o desespero de dona Irma.

Mentalmente, Júlio Salgado dava parabéns à capacidade de representação dramática de Manuel. Ele lhe prometera que não diria palavra à mulher e levara a promessa ao extremo de deixá-la desesperada de convicção.

— Mas me diga, dona Irma, posso fazer alguma coisa para ajudá-la? A senhora veio apenas para... para desabafar, como se diz, ou deseja de mim alguma coisa?

— Eu pensei, pensei, e achei que só mesmo ao senhor podia pedir esse favor. Não sei, mas o Manuel sempre pareceu olhá-lo com muito respeito. Eu ainda estava dizendo isso outro dia ao coitado do Mr. Wilson, que esteve conversando lá na varanda e fez várias perguntas sobre o senhor e sobre seu João Martins.

— Sim?...

Júlio esperou um pouco, para ver se a informação vinha espontânea, mas, como não viesse, insistiu, em tom negligente embora:

— Perguntas? Que espécie de perguntas?

— Ah, essas coisas que a gente pergunta, assim à toa. Se os senhores eram amigos da gente há muito tempo, quem era o melhor amigo do Manuel, o homem com quem ele conversava mais — coisas assim.

— Sei, sei. E a senhora?

— Eu disse a ele que o Manuel via muito o João da Cancela e gostava muito dele, e que o senhor ele respeitava e ouvia muito.

— Ele estava interessado no Manuel por algum motivo... especial?

— Não, acho que não. Ele tinha ido na minha casa em Blumenau e quando minha mãe soube que ele vinha ao

Juazeiro pediu-lhe que me trouxesse um embrulho. Provavelmente ele fez as perguntas para poder responder à minha gente. Acho eu. E também, pensando bem, acho que ele estava quase tão intrigado quanto eu com a conversão de Manuel. Pois se eles até tiveram uma discussão por causa das Bíblias que Mr. Wilson tinha deixado aqui! Como é que de repente o Manuel tinha ficado mais cristão do que ele?

Júlio Salgado concordou gravemente, e cheio de alívio. Irma não tinha sombra de suspeita. Na realidade, tudo ia correndo tão bem que a sensação de tédio era maior do que nunca. Sua louca ideia de fazer com que Salviano arrebatasse o prestígio dos padres locais frutificara com uma naturalidade de assombrar. Ele já via a duvidosa apoteose na igreja de Petrolina como favas contadas.

— Mas eu a interrompi há pouco — disse Júlio a Irma. — Que favor queria que eu lhe fizesse em relação ao Salviano?

— Queria apenas que o senhor lhe perguntasse o que eu já perguntei a ele: que é que aconteceu? Que história de conversão é essa? Por que é que ele não fala nada disso comigo? E se são os outros que estão fazendo Manuel de beato e outras bobagens assim, se tudo isso está acontecendo contra a vontade dele, por que não se defende, por que nem quer falar comigo a respeito?

— Pois não, eu vou ter uma conversa com ele — respondeu Júlio.

— O senhor já ouviu o Manuel falar ao povo lá no sítio do Cancela?

— Não — mentiu Júlio, que estivera no sítio nos primeiros dias e achara o improviso de Salviano excelente.

— Pois antes da conversa vá escutar o que ele diz. Para o senhor entender por que estou tão aflita.

Júlio prometeu. E calou-se. Queria, agora, que Irma desaparecesse. Dali em diante a conversa só podia ficar uma sensaboria cada vez maior. Irma, embora lhe repugnasse a ideia de voltar para casa, despediu-se. Não havia mesmo nada mais a dizer.

10

Júlio Salgado saiu bruscamente da confusão e do pasmo que sentia ao ouvir as palavras de Salviano porque levou uma paulada do lado direito da cabeça. Voltou-se de golpe, sobressaltado, e viu que o que lhe batera na cabeça era a muleta tosca que um paralítico andrajoso atirara nos ares. Em torno do paralítico a multidão fizera uma clareira, uma roda, para ver o homem andar, trôpego, com passinhos miúdos, mas andar. De repente, enquanto vários se prosternavam e batiam no peito, subiu da multidão o grito:

— Milagre! Foi milagre!

Daqui e dali vozes se ergueram:

— Outro milagre!

Esganiçado e histérico, dominou os demais gritos o apito agudo de uma voz de mulher doida:

— São Salviano, meu santinho, dá luz para os meus olhos! Tu deu força para a perna deste homem. São Salvianinho!

Júlio olhou com asco e certo fascínio o "paralítico" que lhe atirara à cabeça uma das muletas. Ali estava a matéria-prima para um "milagre". Provavelmente encarangado por um reumatismo crônico, aquele idiota, nervoso e crédulo, sugestionado pela ideia de cura, andaria perfeitamente bem sem muletas durante três dias. Depois, desconsolado, teria de fazer outras, pois a mesma "paralisia", ou pior do que antes, o estaria entrevando uma vez mais. O "milagre", porém, ficaria homologado. Ninguém mais tocaria no assunto. Se o rio estivesse mais perto, pensou Júlio, ele jogaria fora a muleta que o atingira: para ter certeza de que o imbecil que continuava a dar voltas, como um peru, diante dos assistentes, iria lamentar amargamente seu gesto dentro de pouco tempo. Uma despesa inútil.

Júlio não tinha precisado ir ao sítio do Cancela para ouvir Manuel Salviano falar ao povo. No dia seguinte ao da visita de Irma soubera, no próprio hotel em que morava, que o Salviano vinha falar às portas da cidade, para lá da via férrea. O caixotão do paiol do Cancela fora trazido em lombo de burro, espécie de púlpito ambulante para as práticas do taumaturgo.

Júlio assistira, bem disfarçado no meio da multidão, aos inícios do "espetáculo", com o Cancela e mais dois capiaus agindo como uma espécie de comitê de imprensa, informando os forasteiros acerca de Salviano, dizendo gravemente que não, que ele se recusara a ter medalhinhas feitas com sua própria efígie, mas que um violeiro já compusera a Oração de São Salviano e que muita gente a dava como milagrosa. Se quisessem cópia da oração apanhassem ali com a dona Rita. À direita do caixote, de pé no chão mas toda vestida de branco, vestido bem engomado, o cabelo esticado a capricho, estava Ritinha, sem um pingo de pintura, os olhos ainda mais verdes na pele marrom. Júlio, que não podia ver a mulata, de tanto que o irritava o desejo que ela ateava em João Martins, não conseguiu deixar de observá-la várias vezes, enquanto falava Manuel Salviano. Ela não gritava ou aplaudia, como os da cáfila imunda diante do caixote, e nem guardava a pálida posição hierática do Cancela e demais íntimos do "profeta". Não. Ela apenas cravava em Salviano o tempo todo seus olhos verdes, olhava-o como se não o ouvisse, ou como se não tivesse nenhuma importância o que dizia. "O importante para essa vagabunda que não deixa de ter a sua graça" — dizia a si mesmo Júlio — "é a mera existência de Manuel Salviano. Se ele de repente desse para cangaceiro, tirasse um rifle de dentro do caixote e começasse a dizimar essa corja, ela continuaria a adorá-lo... Será que existe mesmo gente assim, intrinsecamente assim, capaz de uma devoção assim? Ou será que tudo isso não passa de um desejo insatisfeito? O Salviano tem fama de esquisito com mulheres, tem fama de casto, se excluirmos Irma. Provavelmente o que a Rita quer é aquele membro, é passar umas três noites em branco fazendo tremer os punhos da rede, chupando os beiços e se enrascando nas coxas do Salviano. Tomava nojo dele."

Mas a preocupação de Júlio com Ritinha perdida na contemplação de Salviano era acidental e esporádica. O que o fascinava, o intrigava, o fazia rir e o preocupava de certa forma eram as palavras de Manuel, era sua atitude de fervor, de crença, de absoluta confiança no que dizia, quando falava em Deus, céu, inferno etc. etc. Seria o homem um tão consumado ator?... Se tinha algum argumento, a lenga-lenga de Manuel Salviano naquele dia era a velha história da resignação, baseada na ideia-mãe do cristianismo, de que só o sofrimento é nobre, só ele marca os eleitos do

Senhor. De quando em quando, apenas, é que Júlio ouvia uma ou duas frases sobre terras e grileiros, a lembrarem o Salviano de... de há quinze dias! Era espantosa, continuava ele pensando, a capacidade de fingir do Salviano. Ele estava, mesmo, exagerando, dizia-se Júlio. Precisava falar-lhe — como lhe pedira Irma —, mas não a serviço dela. Precisava dizer ao Salviano que voltasse a bater um pouco mais nas reivindicações sociais, na propriedade da terra, na punição aos latifundiários.

— Ah, desgraçados daqueles que ficam o dia inteiro a pedir milagres a Deus — exclamava Salviano —, a pedir luz para olhos que não enxergam, força para ouvidos que não escutam, movimento para pernas aleijadas. A hora do milagre está sempre marcada no relógio do céu, mas ela só bate quando bate no coração da gente a hora do arrependimento. Deus dá sofrimento não é para castigar, é para melhorar. Como é, então, que a gente vai ficar a vida toda aperreando Ele, rezando o tempo todo nos ouvidos d'Ele, batendo o tempo todo na porta da Mãe d'Ele, da Virgem Nossa Senhora, ou na porta dos santos d'Ele? Então Ele dá à gente a dor, que é a comida da alma, e a gente quer quebrar o prato no chão e pedir a Ele que dê à gente o prazer? Não fiquem o tempo todo a rezar por um milagre, rezem para evitar o pecado. Tudo que vem do céu é bem-vindo e as penas da gente vêm do céu. Vocês, desgraçados de alma negra e coração ruim, que vivem pedindo a Deus que faça milagres, vocês estão abrindo as grelhas do inferno debaixo dos seus pés! Antes de limpar o coração a gente não vai pedir a Deus que entre nele e faça um milagre! Eu vejo muitos aí que não se salvam se não se emendarem já, já. Todos os que não abrem o coração ao fogo enquanto é tempo vão acabar queimando de verdade, da cabeça para os pés, devagarinho, feito uma vela de altar.

Soluços entrecortavam como apartes inarticulados a fala de Salviano. As frases finais, sobre inferno e fogo, ditas em tom meio profético e obscuro, foram o sinal para uma verdadeira dança de S. Vito de onde saíam uivos e gritos lancinantes.

Júlio Salgado, que se distraíra no seu canto olhando um bando de romeiros de ambos os sexos, todos cor de terra e vestidos de preto, evidentemente formando um grupo só de penitentes e arrastando crianças de barriga estufada de vermes, reparou, quando olhou novamente Salviano, que este o localizara na multidão. Salviano agora falava olhando-o:

— A gente precisa lutar para tirar as terras desses que pensam que são os donos do barro do mundo, do barro que Deus fez para todos, na Sua olaria, antes de botar no chão os rios e o mar, que senão entornavam. A gente precisa dividir as terras deles, as terras de todos, mas não para comer mais couve e ter mais bois: para ensinar essa gente perdida a sofrer um pouco. Tem muito rico nesta terra, muita gente que vive protegida de tudo, enroladinha em algodão, e que por causa desse algodão vai queimar muito mais depressa no inferno. Quando a gente tirar a terra deles eles vão ficar muito melhores do que agora.

Encarando Salviano, Júlio exclamava para si mesmo: "Não deixa de ter sua ironia esse salafrário. Desapropriemos para salvar a alma dos latifundiários! Como *slogan* não está nada ruim."

— O que a gente não deve e não pode fazer — prosseguia Salviano, fitando-o — é distribuir a terra por vingança. O que a gente não pode é matar e saquear para tirar a terra dos outros. A gente tem de forçar os donos de terras a dar essas terras pelo amor de Deus, de Deus que está no corpo de todos aqueles que sofrem e que não vivem implorando milagre. Eles estão trabalhando a favor do demônio, não socorrendo os que sofrem, pois cada dor é um pedaço da dor de Deus na Cruz. Antes da Cruz ninguém sentia dor no mundo porque não tinha alma onde sentir dor, só tinha corpo. Depois é que veio a verdadeira dor e, quando morreu, Deus deu Sua dor aos pobres.

"Esse camarada está me saindo muito melhor do que a encomenda" — dizia-se Júlio, enquanto ouvia, sério, o discurso que Salviano fazia a olhá-lo. — "Ou ele está doido e vai ser difícil controlá-lo, ou a *apoteose* do Dia de Nossa Senhora da Glória vai ser mesmo de fechar o comércio. Essa gente que está aqui o chacina, quando ele disser que tudo quanto falou sobre Deus era mentira — mas que propaganda para o Partido! Se eu não tirar de tudo isso uma viagem a um Congresso de Paz em Paris, não tiro nada. Levo o João."

— Vocês todos que querem terra, vocês devem fugir como do diabo de quem chegar com histórias de revolução nos campos, de tomar conta das fazendas, de matar fazendeiros. Cuidado com a tentação desses homens! Não há quem entre no céu com um morto nas costas. É mais fácil um camelo passar num buraco de agulha porque a cacunda formada por um morto é maior do que três camelos inteiros.

Júlio resolveu afastar-se, constrangido e mareado. Quando o Salviano falara na história do morto nas costas ele tinha tido quase a impressão — destituída de qualquer possibilidade de fundamento — de que o caboclo sabia que ele tinha matado Wilson... "Talvez" — disse Júlio a si mesmo — "o segredo dos padres e pregadores em geral seja este: em qualquer assembleia de ouvintes eles sabem que existem, cometidos ou planejados, todos os crimes possíveis e imagináveis. Portanto, sabem também que a cada nova acusação que fizerem vai responder o eco de uma sensibilidade ferida, de um criminoso que se sente exposto, de um pecador que se imagina diretamente advertido. A certeza de que isso é assim faz a grandeza de profetas famosos ou de quiromantes de terceira ordem." Assim raciocinou Júlio, que entretanto se afastou. Salviano precisava mesmo de levar um encontrão — de ouvir, por sua vez, um sermão... Aquela história contra a revolução nos campos, os tentadores e toda a lenga-lenga seguinte, sobre camelos e cacundas, era demais. Faltava pouco mais de uma semana para a procissão fluvial, e Salviano já estava fazendo práticas dentro de Juazeiro, por assim dizer. Podia arrefecer agora, um pouco, agitar o centro da cidade durante uns dois dias antes — 13 e 14 — e finalmente lançar-se à notável aventura do dia 15, da qual ele, Júlio, só veria o início, escapando silenciosamente rio abaixo em seu discreto barco com motor de popa.

Eram quase 10 horas da noite quando Júlio se aproximou da casinha de Manuel Salviano. Quando este o viu que se acercava, despediu as três ou quatro pessoas que ainda se encontravam em sua varanda e ofereceu uma cadeira a Júlio.

Desde as 8 horas, de longe, passeando e fumando, Júlio Salgado esperava que diminuísse o maciço grupo que cercava a casa de Salviano — gente que começava a adorá-lo, que queria vê-lo apenas, merecer um olhar, talvez beijar-lhe furtivamente a mão... Júlio não queria ser visto por muitos e, de qualquer maneira, não poderia, com testemunhas, discutir os assuntos que queria discutir. Distraiu-o, em sua longa espera, ver, numa janelinha do lado da casa, iluminada, o vulto aflito de Irma que andava de um lado para outro, incapaz de se dedicar ao bastidor onde se esticava uma costura. Aquele cerco de mancos e estropiados se ia tornando permanente, ao redor de sua casa...

Quando, afinal, pôde aproximar-se, Júlio aceitou a cadeira que lhe oferecia Salviano, dizendo, com um sorriso:

— Não adianta mais sugerir uma cerveja no Zeca... Você ficou tão célebre que não nos deixariam em paz um momento.

— Verdade — respondeu Salviano, com sua maneira descansada e modesta de sempre. — É gente tão precisada de um amigo que fica assim com os que se dedicam um pouco a ela.

Júlio prosseguiu, cauteloso:

— Você tem sido esplêndido. Muito melhor do que eu esperava. Quem diria, hem? Num quase nada de tempo, você realizou o que achava tão impossível antes. A procissão podia ser depois de amanhã e estaríamos prontos. Você é mesmo um cabra talentoso.

Manuel Salviano, depois de oferecer a cadeira a Júlio, sentara-se no chão, apoiado a uma das estacas que formavam a moldura de entrada à varandinha de pau. Não respondeu ao que dizia Júlio Salgado, que continuou:

— Aliás, eu sabia que podia confiar no seu trabalho. O que eu não podia imaginar é que em menos de um mês você estivesse fazendo até milagres, puxa!

— Eu não faço milagres — respondeu, seco, Salviano.

— Bem, nem eu estou querendo fazer você crer que creio nos seus milagres, que diabo... Mas a verdade é que hoje estive no seu... comício e levei uma verdadeira paulada na cabeça. Era a muleta jogada fora por um paralítico que estava acabando de se curar.

Salviano voltou para Júlio Salgado seus profundos olhos negros, límpidos, sem uma nuvem de perturbação.

— Curou-se mesmo. Esteve aqui esta noite, depois de andar o tempo todo sem as muletas. Veio me visitar sem as muletas e sem o apoio do braço de ninguém. E nem é o primeiro que se cura.

Júlio viu, num relâmpago, a aflição de Irma na noite anterior. Ela, então, não estava assim tão iludida?

— Mas... Não estou entendendo bem, Salviano. Você não acabou de dizer que não fazia milagres?

— E não faço, mas tenho restituído a algumas pessoas a fé, que faz milagres. Ela é que move montanhas, não são os santos.

— E você ficou santo, Salviano?

A ironia de Júlio Salgado chegou ao alvo. Aqui os olhos de Salviano se turvaram, de raiva ou de embaraço, e seu rosto escuro corou.

— Não, não fiquei não. Mas mesmo os santos só podem fazer o que eu disse.

— O que você disse, e fez. Logo, você ficou santo.

— O senhor sempre responde bem.

A última frase Salviano a pronunciou com extrema brandura e simplicidade. No entanto, na própria singeleza da sua homenagem à habilidade com que Júlio revirava suas palavras e o condenava por sua própria boca, havia um muro. Ele reconhecia aquela habilidade mas não parecia atingido pelos frutos dela. Salviano forçava Júlio a mudar de terreno, a perguntar o que quisesse com clareza e aceitar suas respostas sem jogá-las no ar como bolas de cor. Dava a entender a Júlio que só falaria a sério.

— Salviano — disse o outro —, acho que você me deve uma explicação.

— Isso devo, sim senhor.

— Eu expliquei a você o que chamei de Operação Canudos. Você se dispôs a ser seu principal executor. Ainda continua disposto a isso?

— Não.

— E por que não me havia dito ainda?

— Porque tudo correu tão depressa!... Eu mesmo perguntava de noite o que é que tinha acontecido em mim durante o dia, seu Júlio. As coisas que eu dizia pensando que dizia mentira viravam verdade depois na minha cabeça.

Houve uma pausa longa em que os dois homens se olharam, Salviano resoluto e tranquilo, Júlio tratando de ocultar sua estupefação e seu desapontamento.

— Bem — disse Júlio afinal —, mas talvez você ainda possa fazer o prometido. A gente enfia carne num lado de uma máquina e sai salsicha do outro, mas a salsicha ainda é de carne.

Júlio ainda mal acabara de fazer mais essa graça e já se arrependia. Uma coisa ele via como certa e ela o enfurecia e queimava como queima o gelo: Manuel Salviano tinha escapado ao seu controle. Seu respeito era agora uma atitude social. Não tinha mais a antiga consideração pela sua inteligência e nem sentia mais o temor e a admiração com que escutava outrora suas ideias e seus planos.

— Eu peço ao senhor, seu Júlio, que fale sério comigo. Eu lhe devo uma explicação e quero dar a explicação. Mas é preciso que o senhor me ajude. Nem mesmo eu sei direito o que me aconteceu. Só sei — acrescentou — que agora acredito em Deus tanto, tanto, que se alguém me pedir para dizer que não acredito eu prefiro deixar que quebrem minha cabeça com uma pedra, aos pouquinhos. O senhor se lembra como eu nem queria entrar nessa história de Operação Canudos. O senhor sabe que só de me dizer que eu ia falar em Deus, em igreja e nessas coisas, me deixou arrepiado. Pois comecei a falar e tudo me entrou pela alma. Foi como se eu acendesse uma luz dentro de mim e aparecesse Deus onde eu tinha certeza de não ter nada, nada.

Júlio o interrompeu, frio:

— Você não está trepado no seu caixote agora não, Salviano.

— Desculpe se eu falei como se estivesse fazendo discurso — disse o caboclo corando de novo. — Não foi de propósito, não. Mas quando eu faço os "discursos" não digo mais nenhuma mentira não, seu Júlio. Quando falo, estou também explicando a essa pobre gente que os padres não ajudam, o que foi que me aconteceu e o que é que eles devem fazer para verem Deus de novo.

— Mas os padres então ainda continuam sendo a sua ovelha negra? — perguntou Júlio com uns restos de esperança.

Salviano hesitou um instante.

— Continuam.

— Escute, Salviano, talvez você mesmo não tenha conseguido impedir isso que aconteceu. Mas ainda pode ser fiel à sua palavra comigo sem mentir a você mesmo. Fale na revolução agrária e ataque os padres, no dia em que for à igreja de Petrolina.

— Eu não vou à igreja de Petrolina. Aquele plano para mim morreu, seu Júlio, aquilo é obra do diabo.

— Então, eu sou o diabo, pelo visto?

— É, o senhor é o diabo.

Aqui, Júlio deu uma palmada na perna e realmente riu, um riso escarninho, mas riso. O que acontecia é que Manuel Salviano se transformava, a olhos vistos, num idiota. Júlio evocou velhos filmes alemães em que se via uma semente jogada na terra virando planta em segundos, diante do espectador. Pois assim o pobre Salviano estava virando imbecil.

— Salviano, você já está enxergando meus chifres e meu rabo?

— O senhor até parece menino em aula de catecismo — disse Salviano.

— Menino?...

— É, sim senhor, em aula de catecismo. Quando eu aprendia catecismo menininho ainda, lá em Rio do Peixe, um companheiro meu perguntou ao padre se o diabo tinha chifre e rabo e o padre disse que o diabo, que morava no inferno, tinha, mas que, quando se falava no diabo querendo falar nos que gostam mais dele do que de Deus, nos que servem ao diabo em vez de servir a Deus, esses não tinham nada de diferente de ninguém, só a compadria com o diabo. Por isso é que eram perigosos. Se tivessem chifre e rabo era fácil correr deles.

A ironia, agora, vinha do simplório, pensou Júlio Salgado. Só lhe restava eliminar aquele matuto bobo, que corria atrás das próprias mentiras como um cachorro atrás da cauda. E, no mesmo instante, com uma rapidez de inspiração, Júlio Salgado viu o que podia fazer para destruir Salviano.

— Muito bem — observou, levantando-se —, só me resta o consolo de dizer que, apesar de diabo, não deixei de servir a Deus, dando-lhe essa brilhante alma que é a sua. Um papel novo, esse do diabo.

— Não é não, seu Júlio. Ontem de noite eu estava pensando nisso, como é que um homem do diabo podia fazer tanto bem a um homem que tinha perdido Deus, e fui ver na história de Jó que o diabo de vez em quando vem à Terra para tentar os homens de Deus. E não ganha, não. Deus deixa Seus homens sozinhos, mas o diabo falha.

— Muito bem, bravo, você está ficando um grande argumentador. Mas cuidado com esse orgulho, senhor santo. Você só sabe se comparar aos santos, aos eleitos, aos queridos de Deus, a Jó e companhia. Cuidado, que assim você ainda acaba espetado nos cornos de diabos piores do que eu.

Júlio Salgado foi saindo, de certa maneira conformado por ter dito a última palavra, e Salviano sentiu aquele sarcasmo a fundo. Quanto a Júlio, sua resolução estava tomada. Operação Canudos ia falhar. Mas, por outro lado, a desilusão que toda aquela gente das redondezas ia ter com

"São". Salviano dentro de algumas horas de certa forma compensava; o poviléu ignorante veria em que dava aquela estupidez de seguir taumaturgos em lugar de seguir líderes revolucionários. Os resultados não dariam para ele ir a Paris, mas pelo menos não ia ele, Júlio Salgado, assistir e ajudar o parto de um santo em Juazeiro.

11

Apesar de ser aquele dia uma simples quarta-feira, Irma entrou na delegacia com a sua melhor roupa, a dos domingos, um vestido preto, de seda, com gola e punhos de fustão branco. Entrou de lábios comprimidos, o que lhe afilava mais ainda o narizinho pontudo. Trazia o cabelo, de um louro usado, arrumado em tranças que se uniam no alto da cabeça. Ficou um instante parada, na sala cheia de bancos, à espera de que alguém a viesse interpelar. Adiantou-se de prontidão, abrindo a boca de sono, mas de súbito a reconheceu — isto é, reconheceu a mulher do taumaturgo — e parou, boquiaberto, imobilizando o bocejo.

— Quero ver o delegado — disse Irma em voz ríspida, para evitar que o tolo dissesse alguma coisa sobre Salviano.

— Vou chispadinho, madama — disse o prontidão, batendo uma continência e desaparecendo no interior da casa.

Voltou com o Caraúna que, desfazendo-se em mesuras e cofiando o bigode, se dispôs a levá-la ao delegado. Este, o Dr. Cruz, a saudou também com um salamaleque e imediatamente lhe estendeu uma cadeira, não à frente de sua mesa, como quem fosse tomar por termo um depoimento, mas perto da sua. O Caraúna ficou de pé, em posição respeitosa que era desmentida pela usual insolência de seu carão de mulato dom-juanesco e pernóstico.

— A que devemos a honra de sua visita, minha senhora? — perguntou o delegado.

— Eu vim aqui fazer uma denúncia — disse Irma em voz firme, sentindo na boca a língua ressecada a lhe atrapalhar as palavras.

— Que espécie de denúncia?

Consigo mesmo o delegado dizia que nunca aquela mulherzinha tivera queixa ou reclamação a fazer. Agora, porém, que o marido tinha ficado mais popular do que um candidato à Câmara Federal, vinha provavelmente pedir-lhe providências contra algum roubo de galinhas ou algum porco do vizinho que lhe varara a cerca da casa.

— Antes de fazer a denúncia, seu delegado, eu faço questão de dizer ao senhor que meu marido — o marceneiro Manuel Salviano, o senhor sabe — está... está doente. Ele está alterado das faculdades mentais — terminou ela, satisfeita por ter encontrado com tanta facilidade aquela expressão fina.

Enquanto o Caraúna arregalava os olhos e apoiava, no seu espanto, as mãos na borda da mesa, o delegado se recostava na cadeira e procurava imaginar o que ia sair dali. Como Irma guardasse silêncio, sentindo na boca a língua seca e temendo que nem pudesse continuar, ele arriscou, finalmente:

— Mas... Não entendo bem, minha senhora. Seu marido a está... maltratando, talvez?

Essa ideia deu força a Irma, que se sentiu esporeada em seu orgulho.

— Não, não se trata disso. Ele anda até metido com uma mulherzinha aí, ultimamente, mas isso não me daria razão para vir fazer queixa à Polícia. Isso é parte do desarranjo mental dele, seu delegado. O que eu queria dizer...

— Sim?

— A coisa é a seguinte, seu delegado — disse Irma, resoluta —, eu acho que foi meu marido que matou Mr. Wilson.

O delegado levantou-se num repelão, atirando a cadeira para trás, enquanto o Caraúna quase arrancou os fios do bigode, no nervosismo com que os puxou.

— Mas... Mas a senhora está dizendo uma coisa de uma gravidade imensa! Ele mesmo lhe contou, o Salviano? — indagou o delegado, ainda de pé.

— Não, seu delegado, eu achei hoje de manhã cedo, no galpãozinho de ferramentas lá de casa, a mala de Mr. Wilson.

— Jesus! O que é que a senhora está dizendo?

— Mas é mesmo a mala do americano? — perguntou o Caraúna.

— Eu conhecia bem a mala — disse Irma — e lá estão as roupas de náilon... e três Bíblias.

— Mas diga-me, minha senhora — falou o delegado já agora nervoso, excitado, o rosto vermelho de agitação —, por que teria o seu marido assassinado o americano? E ele não confessou o crime? A senhora já sabia de alguma coisa antes?

— Não, não sabia absolutamente de nada. Só vejo, agora, que o crime foi exatamente quando o Manuel — meu marido — deu para beato, para... para isso que ele faz agora. Ele mesmo dizia que detestava a mania que tinha Mr. Wilson de distribuir Bíblias por aí.

— Mas não era uma coisa religiosa também? Por que é que o Salviano tinha raiva disso?

— Doutor delegado — disse Irma —, meu marido, como todo mundo sabe, era contra a religião. De repente endoideceu. E eu acho que endoideceu tanto, ficou tão católico, que começou a detestar Mr. Wilson porque ele era protestante.

O delegado deixou escapar um longo assobio.

— Parte desse... desse histerismo dele deu para matar o pobre do homem, então?

— Eu acho que sim, seu delegado, porque pouco antes da morte de Mr. Wilson, acho que foi na véspera, meu marido tinha brigado comigo — brigado com bons modos, porque ele ainda era um marido exemplar, exemplar mesmo, seu delegado — porque eu tinha aceitado as Bíblias que Mr. Wilson tinha deixado lá em casa, e ele e Mr. Wilson discutiram um pouco. Quer dizer, não houve nenhuma grosseria maior e nem parecia que o Manuel quisesse matar o outro. Mas quando eu me lembro agora da discussão compreendo que o Manuel ainda estava fingindo que era contra qualquer ideia de religião mas já estava doido com essa beatice dele.

— Mas os dois chegaram a trocar desaforos?

— Não, seu delegado, e nem o Manuel se incomodou quando Mr. Wilson deixou uma Bíblia comigo. Se eu não tivesse encontrado a mala lá no galpãozinho das ferramentas, seu delegado, nem pensava mais no caso. Quando encontrei e que comecei a pensar na história é que fiquei achando que o Manuel — coitado —, já desandado da cabeça, não queria deixar as Bíblias com um protestante. Não sei se eles discutiram quando se encontraram, isso não sei. Mas a mala...

— Claro — berrou o delegado —, a mala! Nós estamos aqui a perguntar uma porção de coisas à senhora quando seu marido pode aparecer por lá e carregar com a mala. Vamos para lá, Caraúna!

— Estamos prontos, seu delegado, o jipe está aí fora — respondeu o Caraúna, que saiu lépido, abrindo portas para o delegado e Irma.

Estava eufórico o sargento. Afinal aparecia o diabo do assassino! E logo denunciado pela mulher! Não havia mais dúvida possível. Agora, tinha certeza de que ninguém ia perguntar mais pela carteira durante o inquérito que o delegado tinha aberto. Ficava tudo na conta do Salviano, que andava atrás de Bíblias e não de carteiras. Ele tinha tido a ideia de carregar a mala com os livros, mas nem tinha pensado no santo dinheiro... Que importância tinha agora uma simples carteirinha com menos de dois contos? Quem é que ia pensar nisso? Ou, se algum abelhudo pensasse, diria logo a si mesmo que o Salviano tinha distribuído as notas com aquela malta de pobres do Bom Jesus e jogado o couro fora. Graças a Deus, graças a Deus por ter mandado o assassino!, exclamava com fervor o Caraúna, que tinha perdido umas noites de sono assuntando. Um ladrão de Bíblias era perfeito, porque um ladrão comum poderia fazer muito escarcéu para se vingar do esquecimento que cometera deixando logo o dinheiro no bolso do morto — e dinheiro que fora para o bolso de um outro... Agora o Caraúna se sentia forte e feliz.

Se tivesse assistido à cena da denúncia, na delegacia, Júlio Salgado se teria orgulhado do seu planejamento e dado por pago das suas penas.

Em parte por precisar da ajuda do rapaz e em parte por querer implicá-lo também nos acontecimentos, Júlio Salgado, na manhã seguinte à noite de sua entrevista com Salviano, acordara João Martins quando os galos não tinham ainda começado a cantar.

— Levante, João, nós temos um serviço a fazer.

João Martins passara toda a tarde rondando a casa de Ritinha, que só tinha voltado à noite e mal se detivera um instante ao seu lado, distraída e mais indiferente do que nunca. Furioso, sem saber mais como tentar obter o que desejava e já considerando propor-lhe casamento, João fora afogar as mágoas no Zeca e chegara depois de uma hora da manhã. Acordar três horas depois era o cúmulo.

— Que serviço? — resmungou ele enfiando a cara no travesseiro.

O outro não respondeu mas João o ouviu que levantava as tábuas do assoalho. Lá ia ele mexer naquele pesadelo de mala. Ainda acabavam presos os dois como assassinos do americano. João sentou-se na cama, exasperado:

— Que diabo anda você fazendo aí, a esgaravatar as tábuas feito um rato? Deixe esse raio de mala aí mesmo!

— Levante-se, vamos, temos de levar a mala para a casa do Salviano.

— Para onde?

— Isso mesmo que você ouviu. O idiota foi fingir de convertido e converteu-se mesmo. Está do outro lado agora, está nosso inimigo.

— Converteu-se como? — indagou o outro atônito, vogando nos fumos da cachaça da véspera.

— Escute, João, eu lhe conto tudo que quiser quando voltarmos aqui. Pelo momento, fique sabendo do que já sabe, isto é, que Salviano é mesmo o beato Salviano, que não quer mais nada conosco e com o Partido e que por isso mesmo vai pagar pela morte do americano. Não foi por causa dele, pelo menos em parte, que eu matei o Wilson?

— Chiu! Cale a boca, imbecil!

— Não tenha tanto medo — riu o outro, escarninho e chocado com um tratamento que ele dava a João mas que lhe magoava vindo do rapaz —, estão todos dormindo e eu não estou falando alto.

— Mas o que é que você vai fazer com esta mala?

— Cada um que cuide dos filhos que tem... Vou dar esse filho ao Salviano.

— Mas como? Você ficou louco? Ó meu Deus, por que não jogamos essa peste de mala no rio agora, agora mesmo?

— Não era à toa, não era só por indecisão que eu não seguia conselhos seus assim. Se seguisse não teríamos agora o trunfo que temos e esse Salviano de uma figa continuava calmamente sua carreirinha de padre por geração espontânea. Vamos. Vamos! Levante-se.

Um grande terror apossou-se de repente de João Martins.

— Júlio! Você não está querendo me passar o abacaxi, está? Você não está querendo me entregar à Polícia, está? Júlio, Júlio, pelo amor que você tem à sua mãe...

João estava aos seus pés no chão, trêmulo. Júlio, que ia a princípio retrucar com espanto e com cólera, sentiu-se invadido por um delicioso bem-estar. Quem sabe, então, se pelo terror?... Não seria esplêndido apavorar o João até a loucura — e ele via que era fácil — para finalmente impor as suas condições?... Olhou o rapaz aterrorizado, no chão, e disse, displicente:

— Não, trata-se apenas do Salviano... por enquanto, pelo menos — terminou Júlio sorrindo.

Depois daquele "imbecil", o terror de João dava-lhe uma sensação de bálsamo. Sentia-se novamente senhor daquele que, se não o amava, podia pelo menos temê-lo.

— Mas vista-se depressa — continuou —, precisamos sair antes que amanheça.

João, obediente e manso agora, não perguntou mais nada, roendo em silêncio o rancor que sentia por haver-se humilhado diante do outro. Só na rua é que Júlio lhe explicou o plano:

— Vamos esperar que o Salviano saia e que a Irma abra a casa. Eu saio do capinzal e vou bater à porta. Enquanto estiver conversando com ela, você, que estará com a mala, entra pela cerca, nos fundos do quintal, e vai diretamente ao galpão de ferramentas que o Salviano tem lá e aonde já fomos com ele, nós dois. Ponha lá a mala, num canto, e volte. Eu quero convencer dona Irma de que foi o Salviano quem matou o Wilson.

— Mas botar a mala assim de qualquer jeito, num canto?

Júlio deu de ombros.

— O necessário é que Irma a encontre. Encontrando-a vai logo mexer na mala e nem se lembrará direito se estava assim tão à vista ou não. A gente começa a fazer muito cálculo e acaba estragando tudo. O finado Mr. Wilson era metido a detetive, não era? Imagine com que cara não estará agora, no poço dos assassinados, no inferno.

— Então, é só botar a mala? — perguntou o outro, nervoso.

— Só.

Postaram-se no capinzal e aguardaram, acocorados, perto um do outro, mas separados por mundos em seus pensamentos. Júlio Salgado estava tranquilo, orgulhoso, saboreando ainda aquele medo pânico do amigo e ruminando com delícia uns versos que só agora sentia plenamente:

> Comme d'autres par la tendresse,
> Sur ta vie et sur ta jeunesse,
> Moi, je veux régner par l'effroi.

"Para sempre" — dizia-se ele — "João terá medo do que eu possa dizer no seio do Partido. E o medo, por sua própria negatividade, é criador... Pode criar até um amor." Quanto a João, remoía com raiva a lembrança da sua humilhação e começava a tornar-se consciente de certo asco em relação a Júlio Salgado.

Abriu-se, afinal, a porta da casa.

— Olhe, lá vai o Salviano — disse Júlio Salgado.

Efetivamente, ia saindo Manuel Salviano, forte, sólido, recortando-se no lusco-fusco com seu desabado chapéu de carnaúba. Aproximaram-se os dois da casa e, a uns trezentos metros, João se separou do companheiro, descreveu um semicírculo, com a mala de Wilson na mão, a alça cautelosamente envolta no seu lenço, enquanto Júlio ia direto à casa e batia, para se assegurar de que Irma não estaria pelos fundos. João, quando acabasse o seu serviço, deveria afastar-se, descrevendo o mesmo semicírculo, e voltar ao hotel.

Ao ouvir a batida na porta Irma teve um ligeiro sobressalto. Quem podia ser àquela hora matinal? Deixou a cozinha, sobre cuja mesa ficara a xícara em que Salviano tinha tomado seu café preto, e veio em direção à porta da frente. No meio do caminho, parou e resolveu ir ao quarto passar um pente nos cabelos. Já estava vestida mas ainda não tinha feito a toalete — e não queria que algum dos mazelentos que adoravam o beato seu marido a visse descomposta.

Surpreendeu-se ao dar com Júlio Salgado tão cedo à porta da casa, mas veio cumprimentá-lo na varanda.

— Manuel já saiu. Vinha falar com ele?

— Ora, não calculei que ele fosse sair tão cedo!

— Mas o senhor conversou ontem com ele aqui, não é, seu Júlio?

— Conversei, mas pouco consegui. E à senhora, ele disse alguma coisa?

— Nada. Praticamente não nos falamos mais — disse Irma com despeito e com tristeza. — O senhor não chegou a nenhuma conclusão sobre o que é que aconteceu com ele, seu Júlio?

Júlio Salgado fez que não com a cabeça e acrescentou:

— Achei-o muito alterado, muito teimoso e lacônico. Mudou bastante o Manuel nesses últimos tempos.

E Júlio inventou umas passagens da conversa que teria tido com Salviano, dando a entender que o outro estava arisco e agressivo, falando em tom professoral e iluminado. Queria, em parte, ganhar tempo. Logo que viu, com o rabo do olho, o vulto de João Martins que ia embora, já sem a mala, entrou no assunto:

— Mas há uma outra coisa. Eu pedi ontem emprestado ao Salviano um dos serrotes que ele tem no galpão aí dos fundos. É para um rapaz da pensão que está embalando umas mercadorias. Como não havia luz lá, o Salviano me disse que passasse aqui hoje de manhã. Será que a senhora podia apanhar lá o serrote, dona Irma?

— Pois não. Venha escolher o que lhe servir mais.

— Não, dona Irma, eu espero aqui. Qualquer um serve. É serviço de carregação.

Enquanto Irma ia ao galpão, dizia Júlio a si mesmo que o plano não podia falhar. Uma vez descoberta a mala, só restava explorar a vaidade de Irma, que positivamente sangrava desde que Salviano descobrira a sua "vocação".

Irma começou a demorar, e a Júlio pareceu demorar mais ainda. Três vezes sentiu ele ímpetos de segui-la, de ir ver o que se passava, mas controlou-se, para não despertar suspeitas. Ao cabo de mais alguns instantes Irma apareceu, lívida e desfeita, andando como um autômato. Apoiou-se na balaustrada da varanda e disse:

— A mala, seu Júlio.

Pronto, pensou Júlio, tiro e queda. E sentiu de novo sua familiar forma de orgulho — o tédio. Tudo, tudo era tão fácil neste mundo, exceto conseguir o amor daqueles que amamos, disse ele a si mesmo. Possuíra várias mulheres, mas não conseguira o amor de nenhuma e por isso não lhes dera nenhum amor. Agora amava mais do que nunca, amava um homem e nem ousava dizê-lo. Mas era preciso impedir que seus pensamentos de fadiga e de desilusão viessem atrapalhar aquele espetáculo:

— Que mala, dona Irma? — perguntou em tom natural, preparando-se para ficar sobressaltado um segundo depois.

— A mala que a Polícia tem procurado em toda a Juazeiro e por todo o S. Francisco, a mala de Mr. Wilson!

— Não! Não é possível — exclamou Júlio, sobressaltando-se. — A mala de Mr. Wilson? Mas onde?

— No galpão, num canto do galpão.

— Mas como sabe que é mesmo a de Mr. Wilson?

— Eu primeiro achei que conhecia a mala, seu Júlio, mas não quis acreditar em mim mesma. Então abri a mala e lá estavam as roupas de náilon e as Bíblias...

— Senhor! Que tragédia. Será possível?

Irma começou a choramingar, nervosa:

— Diga, diga que é impossível, seu Júlio, diga que o Manuel não havia de matar ninguém, que é um homem direito e trabalhador...

— Eu sei, bem conheço o nosso Manuel. Mas... a prova é terrível.

— Não, Manuel não era capaz!

— Minha pobre dona Irma, acalme-se que tudo há de acabar bem. Se o pior acontecer, eu desde já prometo à senhora que voltará a Blumenau. Eu lhe arranjarei as passagens e todas as facilidades. Agora, veja bem. A senhora diz que o Manuel não era capaz de cometer um crime desses, e eu concordo inteiramente com a senhora. Mas responda-me: a senhora diria que ele era capaz de se transformar num beato das multidões?

— Não.

— A senhora diria que o nosso excelente Salviano era capaz de se amasiar... ou pelo menos de passar a aparecer em todas as suas prédicas e reuniões com essa Ritinha agarrada a ele, a distribuir bentinhos, escapulários e versinhos sobre "São" Salviano?

— Não! Não e não!

— Foi o que vi ontem com meus próprios olhos.

— Ele me paga, esse... esse calhorda mestiço!

— Ah, dona Irma, não é minha intenção atirar pedras em quem tombou, isso não. O que eu quero é fazer ver à senhora que ele matou — isto é, se é que matou — Mr. Wilson porque está doente da cabeça, dona Irma. Um homem não muda assim sem uma razão séria.

— Mas meu Deus, meu Deus, que é que eu devo fazer?

— Isso é com a senhora, dona Irma, consulte a sua consciência, e até mesmo os verdadeiros interesses do Salviano, que é tratar-se numa casa de saúde, num hospício, não sei.

Num súbito impulso de energia Irma disse:

— Já sei. O senhor me ajuda, seu Júlio. Vamos enterrar a mala e hoje mesmo de noite falamos seriamente com Salviano. Ele há de sair daqui desta terra danada. Se não sair, eu desenterro a mala, ou pelo menos digo a ele isto. Aliás, é possível que ele esteja acobertando alguém, quem sabe, seu Júlio? O Manuel é — ou pelo menos era — um homem generoso e bom. Vamos, vamos enterrar a mala! Manuel é bom. E por que teria ele matado Mr. Wilson? Que motivo podia ter para assassinar o americano que me trouxe as maçãs e...

— E a Bíblia, não foi? A senhora se lembra que me disse que Salviano tinha ficado com raiva ao encontrar a Bíblia deixada aqui?... Não foi decerto ódio à Bíblia, dona Irma, foi ódio de um beato católico por um protestante, talvez. Foi loucura, dona Irma.

E assim, com infinita cautela, como se nada dissesse que não fosse apoiado em frases de Irma, Júlio a transformou num promotor. Quando se despediu, Irma foi vestir-se para ir à Polícia.

— Não esqueça — disse-lhe Júlio ao sair. — Eu a ajudarei em tudo e ajudarei também nosso bom Salviano, coitado. Havemos de curá-lo no Salvador, numa boa casa de saúde. Mas não mencione meu nome a ninguém. Não diga que vim buscar o serrote. A senhora compreende, eu preciso estar fora das complicações aqui de Juazeiro por causa da minha companhia. Eu perdia meu emprego se me metesse numa coisa assim.

— Ora, seu Júlio, o senhor já tem sido tão bom, tem ajudado tanto a gente. Nem sei como lhe agradecer.

— Não diga isso, dona Irma. Eu só quero que tudo acabe bem.

12

Manuel Salviano, preso à tardinha do dia da delação, discretamente, quando regressava do sítio do Cancela, foi interrogado na delegacia e acareado com outras pessoas durante cinco horas maciças. Limitou-se a declarar pacificamente sua inocência e a dizer com a maior simplicidade que não sabia explicar o aparecimento da mala no galpão. Foi denunciado pelo promotor e ficou Juazeiro a esperar o dia do julgamento — mas a denúncia já não interessou Salviano em nada. Depois do longo interrogatório, estendeu-se no monte de palha que lhe servia de cama na enxovia e durante quatro noites e três dias não se mexeu — ou se mexeu foi sem saber, enquanto dormitava. O ruído que ao fechar-se fez a porta, não tão sólida assim, do cárcere escuro e úmido, lacrou Salviano num ventre de meditação. A primeira coisa que viu diante dos olhos, quando os cerrou, feliz, foi o leito morto de um rio para onde voltava a deslizar o quase invisível cordão de prata de um filete d'água. Uma tenuíssima miséria de cordãozinho de prata sugado vorazmente pela areia de cinza e que parecia haver sumido para o resto da eternidade sob a primeira pedra surgida, mas que retomava sua viagem para além da pedra alguns instantes depois, que morria em todas as frinchas, em todas as gretas, como se houvesse regressado ao cacimbão da água-mãe, mas aflorava de novo, adiante, fio de cristal teimoso, filhotinho de rio maltratado pela fulva madrasta de areia. E depois o cordão mais grosso, o jorro mais forte, a cachoeira invadindo o leito seco, chiando nos pedrouços ressecados das barrancas, lançando alegremente pedra contra pedra, avermelhando barro morto e amolentando tabatinga hirta, tornando tudo viscoso, trêmulo, encharcado, fecundo. Assim tinha Deus entrado com alarido pela sua alma no dia em que ele abrira não sabia que barragens há muito solidificadas a montante do coração ressequido. O leito era tão seco que ele, descrente da existência de águas, derrubara as comportas pensando em dizer depois, para enganar os tolos: "Vede as águas como correm. Não vos dizia?" E quando acaba ele próprio vira o filete, o jorro, a cachoeira lançarem-se àquele álveo sem memória d'água e afogarem-no sob um despotismo de cavalos de patas de espuma relinchando entre as barrancas altas, rebentando ancas ferventes nas rochas, tomando nos dentes d'água borbulhante o freio de pó. O espanto que vira nos olhos do João da Cancela e dos capiaus fincados num pé feito cegonhas era uma parcela ínfima do assombro que crescia dentro dele mesmo à medida que aquilo que enunciava como mentira no mesmo instante se cristalizava em rocha de verdade dentro de sua própria boca. Falava brisa, e quando queria fechar a boca sobre a brisa mordia pedra. Inventava e a invenção crescia de bronze na sua frente. Encontrou em breve seus limites porque se continuasse querendo mentir, se blasfemasse, se criasse monstros, eles também se perfilariam na sua frente e começariam a viver alegremente ao seu redor. Porque uma coisa tinha aprendido logo: a volta de Deus significava também a volta do Diabo e a cada par de asas correspondia um par de cornos. Quanto mais se acreditava mais perigo havia quanto mais a gente se inteiriçava para refrescar a mão numa estrela, mais sentia a sola dos pés lambidas pelas chamas de baixo. Ele agora sabia que os homens muito bons mesmo e que não acreditavam no mal eram os piores homens. Era quase possível apontar os melhores pelo diabo que os acompanhava ou pelos diabinhos que levavam pela mão. Por isso ele se refreou de forma a apenas facilitar o crescimento das águas no álveo seco, repetindo tudo aquilo do catecismo que antes só lhe vinha à mente como zombaria, aprendendo outras coisas na Bíblia de Mr. Wilson para criá-las de novo falando aos pobres do Bom Jesus, procurando entender o sentido de orações que todo o mundo dizia como se fossem apenas palavras, como se não significassem coisa nenhuma. Foi assim que ele um dia deu vida à Morte na sua frente. Tinha pegado a "Santa Maria" para desbastá-la como quem desbasta um bonito pau de canela, para descobrir os desenhos do cerne da oração. Ia dizendo aos capiaus: "*Santa Maria, Mãe de Deus, rogai por nós, pecadores, agora e na hora de nossa morte, amém*. Quem de vocês sabe a importância desse pedido feito à mulher santa que foi escolhida para parir Deus, esse pedido de que Ela se ponha a rezar por nós? Onde é que já se viu a gente pedir um favor desses, um despautério desses mastigando as palavras, caindo de sono, de noite, ou olhando o teto da igreja? Vocês não são fulminados todo santo dia porque a Mãe de Deus é um pouco mãe da gente. Depois vocês dizem *agora* e sabem o que estão dizendo porque querem tudo agora, nesta hora, mas não pensam que o agora de agora, que a gente sente agora, é como qualquer outro agora. O de daqui a pouco também vai ser agora, o de há um minuto foi agora também e por isso vocês deviam entender que é sempre agora e nunca existe outro tempo senão agora. A hora da morte é um agora igualzinho a qualquer outro mas vocês nem pensam nele quando pedem à Mãe de Deus que rogue por nós na hora da nossa morte, amém. Mesmo que a gente só morresse velho como uma sumaumeira, o agora era a mesma coisa e a hora da morte continuava sendo o mais agora dos agoras. Mas quem é que quer saber de pensar na morte, de encarar com a morte, quem é? Não querem porque acham que ela deve ser mais feia do que outro agora qualquer quando ela é o mais bonito para aqueles que conseguiram que a Mãe de Deus rogasse por eles." Aí Salviano tinha visto não sabia bem se a Morte ou se a Hora da Morte, e era difícil dizer exatamente como era ou por que era tão desejável: uma roda-d'água, mas maciça e de ouro, com a água mais clarinha do mundo saindo de cada um dos cubos do seu aro e com um interminável túnel de sombra no seu cubo central. Para os capiaus ele falava muitas vezes na Roda de Ouro mas não dizia que fosse ela a Morte ou a Hora da Morte. Mas a verdade é que quando se sentava para descansar ou quando acabava de fazer uma pregação não precisava nem fechar os olhos para ver a roda-d'água da Morte ou Hora da Morte espadanando água por todos os lados, respingando o mundo todo com pingos que guardavam no bojo uma faísca do ouro da roda. Por trás devia estar o Moinho, mas este só se via entrando pelo túnel de sombra. Moinho de farinha do pão do corpo de Deus. Mas Salviano reagia contra a roda por saber que a ela não se deve chegar antes da Hora. Quando passava horas falando com a multidão e consolando aleijados e desesperados e ficava meio desesperado ele mesmo por ter tão pouco tempo para pensar em Deus e na Hora da Morte, fechava os olhos um instantezinho, só mesmo o tempo de recolher na fronte e na boca um borrifo que fosse da água da morte que o fazia logo reviver. Sabendo que tudo que falava tomava logo densidade e endurecia na sua frente para nunca mais desaparecer, Salviano tinha medo de falar em danação. Não se incomodava de falar nos suplícios do inferno porque ficava pensando em estampas de santos supliciados e sempre imaginava os suplícios entre frisos dourados e rosinhas com uma santa a carregar a cabeça dela mesma numa bandeja de prata, os cabelos louros espalhados com muita graça ao redor e apenas uma fitinha de sangue dividindo a salva de prata do cotoco de pescoço ou um santo varado de lado a lado por um espadagão imenso e dois dedos levantados para o céu, nuzinho mas com um pano azul de pregas misteriosamente ocultando seu sexo. E mesmo as figuras do fogo do inferno entre os condenados mostravam na cara de dor das pessoas que era suplício mas as chamas não consumiam as carnes e subiam como se fossem palmas de carnaúba só que encarnadas. Mas danação era outra coisa muito diferente danação era raiva de cão danado na alma da gente danação era ódio de Deus vontade de morder e de estraçalhar

Deus como se fosse possível era enterrar as unhas e rasgar de ponta a ponta o céu de modo que à noite se pudesse ver o listrão de sangue latejando entre as estrelas e de dia a ferida se abrisse ao sol para que o danado tentasse entrar para estraçalhar Deus um verdadeiro horror. Não danação era o pecado que não aparecia em estampas porque morre em si mesmo e não aguentaria seu reflexo em espelho ou santinho não aguentaria cópia de si mesmo porque mesmo sua sombra arde escarlate onde pousa. Não podia nem pensar na danação impossível porque sentia tão plena dentro de si a visita de Deus desde que tinha começado a inventar todas as verdades esquecidas que o danado sem nenhum orgulho de sua parte era um inimigo terrível dele mesmo Salviano. Queria atacar seu Hóspede e Hóspede que como tinha descoberto sempre tinha morado em sua casa no seu peito e cuja batida ele tinha ouvido desorientado de dentro para fora Hóspede que se anunciara saindo da sua mais íntima alcova para sua sala de jantar mas a quem só agora ele podia fazer sala na sua masmorra deliciosa e imunda. Fazer sala e passar horas inteiras ao pé da Roda de Ouro em frente ao túnel de sombra agora sem remorsos e sem hesitações com a certeza de estar no seu direito no seu palmo de terra com título bom e certo seu mesmo e onde plantaria doces ervinhas dormideiras para os que não quisessem caminhar de olhos abertos para o túnel de sombra. Deus também agora não se importava mais de lhe tomar o tempo todo sempre no meio da casa como se Salviano finalmente tivesse voltado do trabalho e pudesse dizer: "Fique à vontade Senhor que já serrei tudo que tinha de serrar e não há mais falta de mesas no mundo podemos conversar indefinidamente não preciso nem fazer o bule de café das noites de viola porque outros fazem café." Café e pão e água que algum anjo talvez punha perto da porta mas nem ele nem Deus podiam interromper nada para tomar fosse o que fosse, principalmente porque não precisavam de palavras para falar mas Salviano sentia fluírem o tempo todo do seu corpo coisas que nunca tinha sabido dizer e que agora saíam redondas e reluzentes como pratos de prata lisinha e verdadeira daqueles que tinha visto metidos em saquinhos de flanela. Era uma cheiura de coisas a dizer e tudo muito fácil de dizer sem precisar exatamente bater com a língua no céu da boca porque Deus via o desenho das palavras e desenrolava qualquer meada bastando dar-Lhe a entender mui ligeiramente. Mesmo a tentativa que tinha feito de explicar por que tinha negado tanto tempo Sua existência quando era só abrir o quarto tinha falhado por desnecessidade e até mesmo Deus me perdoe pelo capricho de Deus que tinha trancado a porta por dentro para que ele arrombasse e caísse naquele assombro e naquela doce bestidade de criança. Ué Deus você aí tão quieto! A principal certeza tranquilizadora era que a conversa agora ia continuar e continuar e que até podiam desistir daquela delicadeza insistente de trazer café e pão e água porque ninguém precisava realmente daquilo muito ao contrário só se tinha precisão de tranquilidade de pouca gente estava tudo bem muito obrigado não se incomodassem não pois até incomodavam assim.

Quarto dia

Do fundo da sua noite, que ele sentia ao seu redor como um cesto escuro de palavras trançadas, Salviano foi arrancado lentamente por um movimento que lhe imprimiam ao corpo sobre as costas, de um lado para outro.

— Mané, Mané, todo o povo pensava que você tinha morrido! Você tem de comer alguma coisa, Mané.

Rita lavadeira, ainda sem pintura, toda de branco, pálida debaixo da cor carregada, os olhos como lagoas de água salgada em chão de barro, tinha levantado a cabeça de Salviano e, ajoelhada na palha, a apoiara sobre as coxas e contra o ventre enquanto lhe afagava os cabelos pretos e lisos.

— Mané, ninguém acredita que você matou ninguém não, meu nego. E eles soltam você qualquer minuto desses, vai ver. Fizeram o padre Generoso escrever para o arcebispo no Salvador. Acorda, meu nego, eu trouxe aqui um caldinho de galinha para você e uma carne.

— Não tenho fome não, Rita.

— Mas ninguém vive sem comer, meu santo, meu homem bom. Os pobres precisam de você e todo mundo sabe que você não está comendo nada porque foi acusado de matar o americano. Eu por fim tive licença para entrar aqui, porque senão o povo de Juazeiro tomava a prisão inteirinha para botar meu santo na rua.

— Rita, eu como mais tarde, agora não. Pode ir embora que eu como depois.

— Não manda sua Rita embora que ela só quer o seu bem — disse a mulata com os olhos cheios d'água.

— Você é a última pessoa que eu mandava embora, Ritinha. — disse Salviano sério, sentando-se na palha. — Mas...

eu tenho imaginado umas coisas e ainda preciso pensar numa porção de outras coisas antes... antes de sair daqui.

— Mas pensar o quê, meu santo, você que Deus conta tudo e que sabe tudo de Deus? Você tem de sair daí para vir fazer bem a nós outra vez.

— Rita, eu quero que você me faça um favor.

— Fale, meu santo, fale seja o que for.

— Quero que você diga ao Cancela e a todo mundo que eu estou bem, que estou calmo, que não façam barulho e nem violência nenhuma. Eu sou inocente e a verdade há de aparecer, hoje, amanhã, daqui a cinquenta anos, mas aparece.

— Se aparecer daqui a cinquenta anos, meu santo fica na prisão todo esse tempo. A verdade tem de aparecer é já, Salviano.

Manuel Salviano encostou a cabeça no muro, cansado. Quantas palavras eram necessárias para a expressão das menores coisas!

— Mané — dizia Rita com certa hesitação.

— Sim?

— Olhe, Mané, o povo está dizendo que tu já sabe quem matou o americano, que tu sabe tudo.

— Não sei não, Rita.

— Vou dizer que tu sabe mas não diz, para o culpado se acusar sozinho.

— Não diga isso não, Rita, diga que eu não sei. Eu nem sei adivinhar não, diz a eles.

— Mas tu não sabe mesmo quem foi que matou o americano?

— Não tenho a mínima ideia, Ritinha.

— Como é que a mala foi parar no teu galpão, bem?

— Não sei de todo

— Mas você já tinha visto a mala no galpão?

— Rita, eu já respondi tudo isso ao delegado. Não tinha visto mala nenhuma mas é possível que o Wilson tivesse deixado a mala num canto do galpão, quem sabe?

— Como é que você vai dizer uma coisa assim, homem? E como é que dona Irma foi dizer isso? Virgem Maria! Ela, mulher de sorte, que conheceu você como homem e agora tinha um santo em casa!

— Irma tinha de comunicar à Polícia o aparecimento da mala, não tinha?

— Você é mesmo santo, você defende ela.

Oh, aquele fala-fala-fala impossível! Salviano abriu bem os olhos.

- E agora saia, que eu quero ficar só.

Rita levantou-se ainda mais pálida.

— A comida fica aí, neguinho, não deixa de comer não.

Logo que a mulata saiu e que a cara do sargento deixou de se mostrar na rótula ainda aberta da porta, Salviano foi direto ao balde que ali estava para as suas necessidades e derramou a canja e o resto da comida para evitar perguntas. Voltou ao catre, cerrou os olhos. Ainda com um fio de voz, disse: "Onde é mesmo que estávamos?"

Quinto dia

Com seu vestido preto de golinha branca e punhos brancos, Irma.

— Puxa! — exclamava ainda o Caraúna, suado. — Custou a acordar, seu Salviano. Por falar em sono de justo, se eu já vi alguém dormir feito justo é o senhor mesmo. Quem mata gente não consegue dormir assim não.

— Obrigada, sargento — disse Irma, que assim fez o Caraúna ir saindo. — Manuel?

— Diga, Irma.

— Eu queria pedir perdão a você...

— Perdão de quê?

— Pelo amor de Deus, Manuel, não fica assim feito santo comigo não! Manuel, Manuel, eu não consigo parar de sentir remorso. Por que é que eu fiz isso, Manuel? Por que é que eu denunciei você?

Salviano sentou-se, passou a mão no cabelo, compondo-se um pouco. Era horrível adotar qualquer atitude que parecesse de santo.

— Mas... Que é que você podia fazer, Irma? A mala estava no galpão, não estava?

— Estava — disse ela apaixonadamente —, juro pela vida de minha mãe, juro por tudo quanto há de mais sagrado neste mundo. Mas eu bem que quis enterrar a mala, eu quis fazer a mala desaparecer, Manuel. Mas que a mala estava no galpão, estava.

— Pois então, minha filha — disse ele com brandura.

— Mas... Mas você diz que não matou o americano e...

— Isso é verdade, não matei, não.

— Era isso que eu ia dizer, ia dizer que acreditava em você...

Irma tinha sentado num tamborete trazido pelo Caraúna. Esfregava automaticamente a mão nos joelhos, preocupada. Depois sacudiu a cabeça, rebelde.

— Sabe por que me deixaram ver você agora?

— Não.

— Porque não podiam negar entrada à esposa depois de deixarem aquela mulatinha reles entrar. Se não fosse por causa dela — prosseguiu Irma, vendo que nenhuma resposta vinha de Salviano —, eu não teria feito a loucura de denunciar você. Pelo menos conversava antes com você. Mas a ideia dessa... dessa putinha agarrada em você... Oh!

Salviano sabia quanto devia ter custado a Irma dizer aquele "putinha".

— Mas você devia chamar a Polícia ao achar a mala. Mesmo que me falasse antes, a gente tinha chamado a Polícia depois.

— Bem, mas era diferente. Aí eu não ficava feito a mulher que denunciou o marido, eu não ficava com esse horror a mim mesma, Manuel. Ah, Manuel, por que, por que fui fazer isso?

— Você fez muito bem, Irma. Raciocinou muito bem. O importante era dizer logo à Polícia. Você agiu por instinto de correção, fez o que estava certo.

— Eu sozinha acho que não tinha tomado a decisão, não.

Salviano teve vontade de interrompê-la, de pedir que se detivesse, que não complicasse as coisas simples, que não interferisse com o bem-feito, não lhe trouxesse pensamentos perturbadores. Não disse nada, não perguntou nada, antes fez um esforço para desviar o assunto. Simplesmente não encontrou o que dizer, e Irma prosseguiu:

— Nosso amigo Júlio Salgado é que disse isso que você está dizendo. Ele tinha ido lá buscar o serrote. Você tinha prometido a ele o serrote e então...

— Serrote?

— Sim, que ele queria emprestado para alguém no hotel dele.

— Ah, sim, o serrote. Claro!

— Pois é, e você tinha dito que estava no galpão onde não há luz de noite. Quando ele veio buscar o serrote na manhãzinha do dia seguinte você já tinha saído. Eu fui ao galpão...

"Ela foi ao galpão" — raciocinou Salviano em silêncio — "e encontrou a mala. Mas na noite anterior, em que Júlio devia ter pedido o serrote mas não pediu coisa nenhuma, eu estive no galpão e não vi nada parecido com mala. Como podia estar lá na manhãzinha do dia seguinte? A que horas teria Júlio...? Ah, pronto, rompida a trama do cesto escuro! Vontade de saber, desejo de apurar para acusar, para vingar. E eu sabia desde o princípio, sabia que de alguma forma havia Júlio ali, pois era o papel dele..."

— ... Você ouviu, Manuel? Parece que está olhando para ontem! Ele me pediu que não dissesse nada, nada, sobre os conselhos que tinha me dado ou sobre o serrote. Não quer ficar envolvido.

— Muito justo, Irma. Você também não gostaria, se se tratasse de um estranho, não é verdade?

— Eu sei, eu sei, Manuel, meu amor, mas se não foi você, meu amor.

Irma ficou até algo encabulada pelo inesperado do desejo, mas havia tanto tempo, desde as pregações de Manuel, que não tinham relações de marido e mulher que de repente lhe deu vontade de agarrar-se a ele, beijá-lo, deitar ali naquela palha. Mas voltou-se para a rótula e julgou ver uma cara que se afastava. Suspirou. Havia guarda todo o tempo, pensou.

— Se não foi você — prosseguiu, ainda com ternura — por que havia de ser sua mulher quem ia denunciar você?...

— Você não me denunciou, você disse que tinha achado a mala que a Polícia precisava.

— Mas vem a dar no mesmo, não vem?

— A intenção é que vale.

"Que bom" — pensou Salviano — "se tivéssemos para tudo respostas assim, feito *intenção é que vale*, prontinhas..."

— Posso te dar um beijo?!

Isso tinha sido berrado por Irma, que lhe fizera a pergunta sem dúvida em voz baixa, mais de uma vez, e não obtivera resposta.

— Mas claro, meu bem — disse Salviano, confuso por não ter escutado antes.

Curvou-se para a frente, tomou-lhe a cabeça e encostou os lábios nos de Irma, para um beijo singelo, de despedida de marido e mulher, mas Irma cerrou os olhos, abriu-lhe os lábios com a língua, e tão desprevenido o apanhou que lhe comunicou aquela febre, antes de sair, apressadamente. Vazio, acompanhado apenas de amargura e escuridão, Salviano fechou os olhos, só agora sentindo nas omoplatas e na cabeça as coxas e o ventre de Ritinha. Levou um tempão revirando-se na palha, cheio de fel e de rancor. Mesmo depois de passado o breve acesso de lubricidade que lhe ficara do inesperado ataque da língua de Irma, teve ainda a casa da cabeça cheia de visitas, de pensamentos, erma do Hóspede.

Finalmente foi-se uma vez mais aquietando. A figura de Júlio ainda permaneceu, gesticulante, por algum tempo, diante dos seus olhos cerrados, como se tivesse sido estampada no avesso de suas pálpebras. Depois ela também se foi apagando e diluindo, desmaiando e desbotando, até desaparecer.

Sexto dia

Mas até mesmo em pleno seio da noite escura, Senhor?...
E não havia maneira de não despertar do seu torpor. Durante muito tempo Manuel Salviano só reparou pelo movimento dos lábios de Ritinha que ela lhe falava, e falava furiosamente. Às vezes até, de olhar os lábios que falavam, ele entendia uma ou outra palavra, pela forma dos sons. Não conseguia, entretanto, ouvir o que dizia Rita. Mas esta, num quase frenesi, sacudiu-o tanto que Salviano por fim começou a ouvir. Uma das palavras que *vira*, com frequência, nos lábios de Rita, fora o nome de Júlio Salgado, e agora, infelizmente, comprovava que a história da cabrocha era intimamente relacionada com Júlio.

— Você está me escutando agora, Mané Salviano? — e Rita o sacudiu novamente.

— Estou, Rita.

— Então sente na palha direitinho, meu bem. As... sim! — disse, ajudando-o a sentar. — Escute, meu anjo, eu não estou aqui para te aperrear não e prova disso — você pode perguntar ao sargento — é que eu não saio de dentro desta cadeia, sempre esperando que meu Mané precise de mim, mas sem vim azucrinar o meu Mané que me despachou anteontem.

— Mas Rita...

— Não — sorriu a mulata colocando o dedo nos lábios de Salviano —, não desculpe nada não, meu bem. Está muito bem assim.

Salviano a olhou com imensa ternura. Já não sentia orgulho ao ver nos olhos verdes da cabrocha aquela paixão por ele. Agora sentia inveja. Não conseguira amar ninguém assim em sua vida, com tão perfeita dedicação.

— Eu só vim aqui, Mané, porque a coisa é importante mesmo. Escuta, neguinho, você vai sair deste cafundó amanhã, no mais tardar. Quase que eu fui falar com o sargento agorinha mesmo, quando entrei da rua. Só não fui com medo de entornar o caldo: e João Martins prometeu que me contava o resto amanhã... Escute, meu bem, quem mandou matar o americano, ou quem matou ele — ainda não sei direito —, foi esse tal de Júlio Salgado.

— Mas por que é que ele havia de fazer isso? — respondeu Manuel Salviano fracamente, sentindo que seu escuro cesto de palavras ameaçava romper-se de todo.

— Ué, gente! Não foi você que matou, não é isso? Pois tem de ser alguém, ora veja! E esse Júlio é tipo esquisito mesmo, quietão, e quem me contou a enrascada toda, neguinho, foi o João Martins, que é carne e unha com o tal do cabrão.

— Mas contou assim, sem mais nem menos?

— Sem mais nem menos não — disse Ritinha, que chegou a corar, desprevenida que estava. — Escute aqui, benzinho, ontem, quando tua mulher veio cá, você desculpe, meu santo, mas eu fiquei de orelha grudada na porta. Me perdoa, bem, mas fiquei, e se ela tivesse vindo aqui muito cheia de coisa eu acho que... sei lá, acho que dava nela até ela morrer.

— Sei, você ficou ouvindo e...

— E ouvi a história do seu Júlio com o serrote e tudo aquilo e fiquei assuntando as coisas. Quase peguei a dona Irma e falei com ela para contar tudo logo ao delegado, mas aí resolvi pegar o Joãozinho, meter um pileque nele e botar ele para falar do amigo. Só agora de noitinha apanhei o bicho de jeito. Mas o diabo do cabra ficou tão desconfiado de ver eu de repente arrastando ele para beber num cantinho do Zeca que foi bebendo sem dizer nada, orelha de ponta cada vez que eu falava no gringo morto. João ficou com muito cuidadinho durante muito tempo mas a cachaça acabou fazendo efeito e ele parou de perguntar feito um relógio de repetição: "Mas então não foi o Salviano? Todo mundo sabe que foi o Salviano." Parou com isso e veio com cantiga mais conhecida. "Tu dá mesmo tudo para saber, meu amor?", disse aquele porco. "Dou", eu falei. "Até aquilo?" "Dou qualquer coisa", eu disse. E o sem-vergonha que andava até pedindo para eu casar com ele — e casava mesmo, Deus me perdoe, com a secura que ele anda atrás de mim — veio logo enfiando a mão por baixo da mesa entre as minhas pernas. Eu peguei, tranquei o joelho nele e disse que assim não, que primeiro queria saber. "Você jura que vai para a cama comigo?" "Se tu contar tudo primeiro eu juro." "Agora mesmo?" "É só o tempo da gente chegar em casa e tirar a roupa." Então, neguinho, ele começou a falar. Começou a dizer que eu estava arruinando a vida dele mas que se danasse tudo, já que ele ia me... e dizia umas indecências danadas sem precisão nenhuma contando que que ia fazer comigo na cama... e eu insistia para ele desembuchar logo e então ele falou que ele mais o seu Júlio tinham uma ideia de fazer uma revolução no Juazeiro e que você ia ajudar. Eu disse a ele na fuça que se tudo ia ser mentira assim nós não ia acabar na cama não. Eu não acreditava que você andasse metido em desordem nenhuma, mas ele jurou e disse: "Quando falar com esse bicho de sorte que nem liga a um quindim como você, pergunta só se ele não começou a trabalhar com a gente antes de dar pra beato."

Rita fez uma pausa mas Salviano não se moveu, não disse nada. Apenas Rita podia ver, pelo brilho nos olhos dele, que não estava mais no torpor anterior. E Rita continuou seu relato. Não tinha entendido bem as razões da revolução projetada e nem os seus objetivos. João falava como um bêbado e olhando, de tempos em tempos, a porta, temeroso de que Júlio Salgado aparecesse. Uma coisa, no entanto, a cabrocha tinha compreendido muito bem. O americano, dissera-lhe João Martins, era metido a descobrir quem comete os crimes, como no cinema, e andava desconfiado da parceria de Salviano com eles dois. Ia fazer suas investigações e bem podia ter destruído todo o plano, se não fosse morto. Aqui, João Martins tinha hesitado, sem deixar claro que Júlio houvesse assassinado Mr. Wilson ou encarregado alguém de assassiná-lo. E Rita começara a apertar o interrogatório, pois queria primeiro ouvir toda a história e, em seguida, obter de João Martins a promessa de que iria com ela à Polícia contar tudo outra vez. Quando estavam nisso, Rita viu, na cara de João Martins, que os fumos da bebedeira se esvaíam, que o rapaz empalidecia e que até uma ligeira tremura se apossara dele no primeiro instante. É que Júlio Salgado tinha aparecido na porta do café e, pelo olhar que lançara a João, via-se que o procurava. João se controlara o suficiente para acenar com naturalidade ao amigo e foi logo fazendo menção de se levantar para ir-lhe ao encontro. Deteve-se depois, para pagar, e Júlio se veio acercando. Rita compreendeu que a entrevista com João tinha chegado ao fim e disse, sem gesto, em voz baixa: "Eu te espero no meu quarto de manhãzinha cedo." Júlio se aproximara, dissera boa-noite a ela com a cabeça e levara João em sua companhia.

E Ritinha concluiu:

— Por causa de tudo isso é que eu vim aqui, benzinho. Amanhã você está do lado de fora no meio dessa gente que espera você. O João não deixa de ir no meu quarto nem que desabe o mundo. Só deixava mesmo de ir se o outro porco matasse ele também, como fez com o gringo. E quente ainda da cama ele vai para a casa do delegado comigo, isso nem tem que ver.

— Mas antes você terá de pagar a ele o preço exigido.

— Que preço?

— O preço combinado.

— Ir para a cama com ele? Ora — disse a mulata, dando de ombros —, eu fazia muito mais para você, meu nego.

— Mas você está planejando acusar alguém de um crime terrível e além disso vai procurar obter a prova cometendo um pecado mortal?

— Ah, neguinho, eu já fiz esse pecado tantas vezes!

— Não, Rita, você nunca vendeu seu corpo.

— Até isso já fiz, nego — disse a mulata com um sorriso meio triste. — Logo que me tiraram os três e que meu pai me correu de casa, até isso eu fiz no princípio pru mode não morrer de fome.

— Então fez por fome, para cumprir o dever de viver. Agora, não seria assim. Não se venda, Ritinha.

A mulata, tão doce sempre com Salviano, fitou-o de repente com verdadeira cólera.

— Aonde é que você está indo com essa conversa, Mané Salviano? Tu não quer deixar esse patife solto por aí só para eu não me meter na cama com mais um homem, quer? Você está querendo rir de quem, Mané Salviano?

— Do fundo do coração, eu agradeço a você o sacrifício, mas...

— Mané, você está ficando doido, meu nego? Você não vê que esse Salgado é que devia estar aqui neste inferno e não você?

Como Salviano não respondesse, a mulata se levantou num repelão e disse:

— Pois fica sabendo, Salviano, que eu vou para o delegado já, já. Vou contar tudo a ele e vou pedir a ele que mande um guarda para ouvir o que o João vai dizer lá em casa. Assim vai até mais depressa e amanhã bem cedinho você está na rua.

Manuel, que seis dias jazia em sua palha, levantou-se. Rita ficou por um instante assombrada, olhando-o, Manuel lhe segurava as duas mãos. Fraco sobre as pernas, pela falta absoluta de qualquer alimento desde a hora da prisão, pálido de morte, os olhos em fogo, ele lhe implorava, perdendo aquela antiga atitude tranquila que só o abandonava durante as práticas:

— Rita, eu tenho um favor a pedir a você, o favor que eu só poderia pedir a quem me amasse como você me ama, que eu não poderia pedir a mais ninguém neste mundo.

— Pede, nego — respondeu Rita siderada, machucada de amor, sentindo força para abalar um mundo inteiro.

Ah, ele que lhe pedisse a sua morte, que lhe pedisse qualquer coisa, ele que experimentasse...

— Rita, esse homem, ou o homem que tiver assassinado o americano, não precisa deste inferno, como você chama a prisão em que eu estou, porque pertence ao outro inferno, ao verdadeiro inferno. Deus fez com que ele agisse como agiu só para o meu bem. O que eu quero de você, Rita, é que você jure que vai esquecer o que já sabe e que não vai procurar saber mais nada.

— Não, não — gemeu Rita balançando a cabeça —, isso não.

— Essa é a prova que eu quero que você me dê de que realmente me ama, Rita, só essa, não quero mais nenhuma. Você não vai voltar à sua casa, não vai mais ver esse rapaz, não vai falar a ninguém sobre o que ouviu.

— Ah, Salviano, você ficou mesmo santo, ninguém mais pode entender você. Se você me pedisse que contasse ao povo a verdade, que fosse buscar o bandido do assassino, ou até que matasse não sei quem, eu ia, Mané, eu ia. Você pede... para eu ficar feito uma morta, feito uma boba...

— É preciso um amor de verdade para isso, Rita.

Manuel Salviano, ao dizer isso, deixou-se cair sobre o catre, esgotado. Sentia, nas trevas, na distância, no espaço, o escuro trançado das horas de solidão. Não podia mais lutar. Quando voltava à sua modorra ainda viu Rita, olhos cheios de revolta mas aos quais já voltavam a limpidez e a doçura de sempre, viu-a que se sentava no chão, ao lado da sua cama de palha, e que dizia:

— Também vou dizer ao sargento que hoje fico aqui tomando conta de você nem que caia a casa.

E, depois de uma pausa, sentindo que o seu amor por Salviano já lhe comunicava um pouco da loucura dele:

— Você não quer que eu vou pra casa e que encontre o João, quer, bem?

Salviano fez que não com a cabeça, ao mesmo tempo que aflorava seus cabelos um afago leve, leve, moreno e ligeiro como os dedos afilados de Ritinha. Sentiu que a presença dela não o perturbaria. Sentiu que se fechava o vime do escuro cesto.

Sétimo dia

Não foi preciso que o sacudissem no dia seguinte. Abriu os olhos, apesar da sua fraqueza e da profundidade em que estivera toda a noite, como se fosse um acordar comum. Viu a porta aberta e, do lado de fora, o Caraúna, que a abrira. Viu, no seu vão, Júlio Salgado que entrava, e viu que saía, pálida e abatida da noite em claro, mas radiosa e tranquila, Ritinha. Júlio a mirou fixamente mas Rita olhou em frente, como se não o houvesse visto de todo. E Salviano teve a noção de que Rita saía sabendo que aquele seria o pior momento para ele, Salviano.

Júlio Salgado sentou-se ao pé do catre de palha e olhou, séria e longamente, o rosto e as mãos de Salviano. Num e noutro já começava o processo de transubstanciação da carne em cera. Salviano lembrou-se do que lhe dissera Júlio da última vez que se haviam encontrado: "Você ainda acaba espetado nos cornos de diabos piores do que eu." Júlio, agora, falava-lhe com uma voz neutra e amiga:

— Você se transformou num homem muito misterioso...

— Eu? Por quê? — perguntou Salviano.

— Foi muito discreto durante o interrogatório e não falou em Operação Canudos nem mais tarde...

— Que é que a Operação tinha a ver com o caso?

Júlio fez uma pausa, fitando Salviano bem nos olhos.

— Quando interrogaram você, no dia da prisão, sobre o aparecimento da mala, você não sabia que houvesse qualquer ligação entre os dois casos. Mas agora?...

Como Salviano continuasse não respondendo, Júlio mudou de atitude. Sua voz soava clara e irônica:

— Vejo que você realmente progrediu muito desde que nos vimos em sua casa. Coisas assim como a Verdade com V maiúsculo, a Justiça com J grande etc., nada significam. A única coisa que vale é a salvação da alminha da gente, não? Apesar de ter-me promovido a diabo, você prefere que eu continue endiabrando o mundo, prefere que eu continue solto, apesar dos meus crimes, do que me acusar, perturbando assim o seu martiriozinho... Você está resolvido a ser mártir, não está, Salviano?

Salviano ainda deixou Júlio sem resposta. Este continuou:

— É verdade que no Brasil não há pena de morte. Você pegará na pior das hipóteses uns trinta anos de cadeia, disto aqui — disse, apontando com um gesto circular a peça em que estavam. — Em trinta dias o povo terá parado de falar em você, em trinta meses ninguém mais saberá que você existiu.

Sorrindo mais, com voz ainda mais mansa, Júlio prosseguiu:

— Pelo que me dizem do seu jejum e pelo que vejo na sua cara, você talvez esteja com planos de martírio total, de morte pela fome. Mas isso assim sem motivo, essa morte por inanição do espírito, por preguiça de contar a verdade, isso é pecado mortal, Salviano... Sabe como é que se chama uma morte assim? Suicídio.

— Eu não podia comer nem que fizesse tudo para comer — falou, afinal, Salviano.

— Acho que o orgulho está fazendo você histérico. Você está convencido de que não consegue engolir.

— Não estou só convencido não, seu Júlio. Não posso.

Agora que o arrancara ao desconcertante mutismo, Júlio recobrara a esperança de conseguir alguma coisa.

— Escute aqui, Salviano, nós estamos em campos opostos, como você sabe. Mas o fato de eu não acreditar em Deus, como você de repente começou a acreditar, não quer dizer que eu não entenda a sua posição. Você abre mão de determinadas coisas neste mundo — que são tudo para mim —, você se submete aos piores sofrimentos — coisa de que eu gostaria de livrar todos os homens — para conquistar um outro mundo, uma outra vida. Muito bem, eu não concordo com você mas conheço bem as regras do jogo que você está jogando. Preste bem atenção. A renúncia completa à luta na Terra, a vontade suicida, o orgulho podem levar ao inferno. Você está correndo o risco de perder os dois mundos, você...

Júlio, aqui, parou, interdito. Salviano estava sorrindo um largo sorriso na escuridão.

— O que foi? — indagou Júlio, seco. — Estou engraçado hoje?

— Desculpe, seu Júlio.

— De que é que você riu?

— Não sei bem. Desse seu jeito de botar tudo assim em afirmativas.

— Você entendeu bem o que eu disse?

— Entendi. Eu acho que achei graça porque me vi sorto [Salviano há anos policiava sua fala com rigor e aquele *sorto* que lhe escapou foi dito quase de propósito] entre dois mundos, não sei.

— Mas você não entendeu o que eu disse depois!

— Entendi, seu Júlio — disse Salviano sério —, mas essas coisas nunca podem ser assim explicadinhas, não. E a gente não faz um jogo de passa pra cá este mundo toma lá aquele.

— Não, talvez não — disse Júlio com rancor —, mas tudo deve ter sua expressão lógica, ainda que simplificada. O que você está fazendo aí em cima dessa palha, sujo, fedorento, amarelo, barbudo como qualquer desses idiotas que acreditam nos milagres que você opera, isso é trocar sua dignidade de homem por uma palhaçada lúgubre.

Júlio deteve-se um instante e prosseguiu no mesmo tom:

— Essa mulata lavadeira andou contando coisas a você, não? Sobre o assassinato do americano?

— Contou.

— Disse que tinha sido eu?

— Ela não sabia ainda ao certo. Achava que era.

— Mas ela não foi se encontrar novamente com João? Ele escapou do hotel em plena noite, depois de ter tido uma longa conversa com Rita no café.

— A Rita não foi, passou a noite aqui. Eu pedi a ela que não fosse.

— Para proteger a mim, seu grande amigo? — indagou Júlio, escarninho.

— Não sei não. Acho que a mim.

— Ainda bem que você reconhece. Mas se eu próprio me acusasse as coisas seriam diferentes, não?

— Isso é com o senhor, seu Júlio.

— Pois escute, Salviano, eu vim aqui fazer a você duas propostas. Vim, aliás, desincumbir-me de uma embaixada e fazer uma proposta pessoal a você. A embaixada é a seguinte. Eu conversei com o delegado e com o padre Generoso a seu respeito. Ambos dariam tudo para ver você fugir. Aliás, me disse o delegado que se você tivesse feito alguma tentativa já teria fugido... Mas agora ele está disposto a ajudar mesmo você, e padre Generoso lhe dá o seu apoio moral. É que o seu julgamento só poderá trazer aborrecimentos a todo mundo, principalmente ao delegado. Como carcereiro do "santo" ele está perdendo o prestígio político com as massas. E ao padre também, é claro. A multidão quer que ele absolva você ainda que você não o tenha chamado aqui para uma confissão. Agora, ouça a minha proposta. Não me pareceu que você fugisse apenas para servir ao delegado e ao padre, que você aceitasse fugir como um assassino, um cangaceiro em pele de místico. Mas tenho aqui, no bolso, a confissão do crime assinada por mim. Você a poderá ler agora. Eu troco a sua fuga e a sua palavra de que não continuará em sua carreira pública de beato pela confissão. No instante em que você fugir para nunca mais aparecer nestas bandas, você entregará minha confissão à Polícia.

Júlio tirou lentamente do bolso um envelope e do envelope uma folha de papel almaço. Abriu a folha e Salviano leu as letras do punho de Júlio, escritas em mão firme: "Confesso que eu, abaixo-assinado, assassinei, dia 30 de julho, o caixeiro-viajante Ian J. Wilson, e que, para incriminar Manuel Salviano, levei a mala à sua casa. Sob o pretexto de conseguir de sua esposa um serrote." No pé da folha, a assinatura.

Salviano guardou silêncio.

— E então? — perguntou Júlio.

— Não posso aceitar o trato não, seu Júlio.

Júlio meteu o papel no envelope e o envelope no bolso.

— Se você está contando com a reabilitação depois da morte, está enganado, Salviano. Ninguém vai acreditar numa mulata que notoriamente vivia agarrada às suas calças. Meu amigo João segue hoje mesmo para o Rio de Janeiro e vive a tremer de medo à simples ideia de que se descubra que não foi você o assassino. Ninguém conseguirá caiar o seu nome não, Salviano. Você já pesou tudo isso?

Salviano virou-se para Júlio, brando, e disse, com a voz o mais suave possível:

— Muito obrigado, seu Júlio, pela oferta da confissão. Agora eu queria lhe pedir que fosse embora.

Júlio levantou-se, sem mais uma palavra, e se aproximou da porta do cárcere. De lá, sem olhar Salviano, disse:

— A oferta foi sincera e foi difícil para mim. Quando me prendessem, ia ficar à míngua de tudo a irmã viúva que eu sustento. Cheia de filhos... Uma situação de penúria completa, sem o meu auxílio.

Como Salviano nada dissesse, Júlio se voltou para ele.

— Você não aceitou a proposta por achá-la assim uma espécie de pacto com o diabo?... Você já ouviu falar em diabo com irmãs viúvas?

— Tem sempre um diabo na vida da gente, seu Júlio. Mas ele mesmo pode ser anjo na vida dos outros. E, afinal de contas, mesmo como diabo ele está a serviço de Deus.

Júlio deu de ombros e saiu, devagar. Salviano estirou-se na palha, feliz. Tinha sido bem mais fácil do que ele temera aquela última entrevista.

Epílogo

Na noitinha da véspera de Nossa Senhora da Glória o Caraúna, encarregado de velar por Manuel Salviano, encontrou-o morto sobre o monte de palha. O Caraúna já não tinha a menor esperança de ver Salviano comer alguma coisa, mas, parte integrante daquele povo sempre pronto a crer em milagres, convencera-se, como os outros, de que Salviano não precisava de sustento para viver. Foi, portanto, quase com um salto de pavor que recuou ao encontrar rígido o braço do seu prisioneiro. Aí, investigou com um pouco mais de calma o corpo, concluindo, pelos olhos de vidro fosco e pelos lábios de cera arroxeada, que Manuel Salviano estava morto. Parte daquele povo que há uma semana rodeava a cadeia, dormia em torno da cadeia, comia em torno da cadeia o Caraúna teve ímpetos de gritar a nova, de avisar a todos, já que uma grande notícia, ainda que péssima, sempre envolve quem a dá numa aura especial. O Caraúna chegou a ver a si mesmo, lamparina na mão, a abrir caminho entre os corpos de fiéis, enquanto bradava: "Morreu Mané Sarviano! Morreu Mané Sarviano, povo!" Mas deteve-se a tempo. As ordens do delegado eram terminantes. Se Salviano morresse, o Caraúna que o viesse prevenir sem perda de tempo. O padre Generoso é que, encarecidamente, pedira ao delegado que tomasse suas precauções em torno da possível morte de Salviano porque o povo, por suas mil bocas, já fizera saber que, se o santo deles morresse antes da procissão de Nossa Senhora da Glória, seu corpo iria no barco-chefe, no andor, sob o pálio da Virgem. Padre Generoso, diziam, ia santificar formalmente aquele que já era santo. Isso o padre Generoso não queria fazer de maneira nenhuma. Quanto ao delegado — e com ele estavam de pleno acordo o prefeito, o juiz de direito e o promotor —, ele queria antes de mais nada que se encerrasse o episódio, mas não podia, realmente, concordar com o esquema da procissão. Com que cara ficaria se um indigitado assassino fosse canonizado sob suas barbas? Seu prestígio político possivelmente cresceria muito entre o povo se aquiescesse em tal coisa. Mas — gemeu ele — há certas vantagens que temos de sacrificar à marcha normal da religião de Cristo.

Fosse como fosse, o Caraúna estava avisado de sobra: "Se o homem esticar a canela, venha correndo me dizer." — E horas antes o delegado ainda especificara mais: "Não, não venha você não. Mande alguém avisar e fique montando guarda ao corpo. O corpo pertencerá à mulher dele, dona Irma, e não a essa gente maluca."

A ideia do corpo pertencer a Irma proveio de Júlio Salgado. Júlio atirara a prudência às urtigas no dia em que resolvera procurar o delegado e o padre Generoso para aliá-los ao plano de convencer Salviano a fugir. Apresentara-se, naquela ocasião, como um homem civilizado e de ideias, já juazeirense de coração e inteiramente ao lado da Justiça e da Igreja, contra aquele jagunço perigoso. Quando surgira a possibilidade de apossar-se o povo do cadáver de Manuel Salviano para santificá-lo — caso morresse Salviano, como era muito possível —, o delegado e o padre tinham entrado em disputa algo acrimoniosa. Ambos horrorizados com a ideia, nenhum dos dois queria assumir a atitude antipática de arrancar o "santo" ao povo. O padre achava líquido e inevitável que o delegado tomasse a atitude de dizer que, em se tratando de homem acusado de crime de morte e sob custódia do Estado, não podia permitir que o carregassem em procissão pelo rio, enquanto o delegado alegava que a Lei e o Estado tinham a ver com o cidadão Manuel Salviano e não com o seu cadáver.

Foi quando Júlio Salgado, que já presenciara a uns dois debates sobre o mesmo assunto, interveio:

— Eu falei com a esposa de Salviano, dona Irma, e ela me disse energicamente que queria o corpo do marido, que tinha direito ao mesmo. E desde que se encontrem os meios de cremar o cadáver aqui, ela gostaria de levar as cinzas consigo para Santa Catarina.

Padre Generoso fez uma careta à ideia de cremação, mas resolveu fechar os olhos ao pormenor. Afinal de contas, por que opinaria ele sobre o destino dado ao corpo daquele monstro estranho à Santa Madre Igreja, que assassinava um semelhante seu e depois, fazendo-se de santo, morria lenta e estoicamente, mas sem chamar um padre para se confessar? Se aquele escapasse ao inferno era que a misericórdia de Deus estava positivamente transformando-se em pura moleza. Assim, queimando lá ou queimando aqui, no forno antigo da Padaria da Rosa, ou no forno de Pedro Botelho, vinha a dar tudo no mesmo. Porque até do forno se cuidara. Seria difícil e chamaria a atenção de todos se Irma fosse tomar seu avião com um caixão de defunto ao lado. Ademais, seria preciso encontrar um embalsamador para preparar o corpo. Assim, cuidou-se de ver como seria possível cremar Manuel Salviano. Sob o maior sigilo, em pessoa, o delegado foi com Júlio à Padaria da Rosa, em cujos terrenos sabia existir o velho forno. Apesar de estar o terreno murado, o delegado ainda fez construir uma paliçada ao redor do forno e teve, com o padeiro, uma conversa que terminou assim: "De maneira que estamos entendidos. Eu lhe arrendo esse forno imprestável por uns quinze dias, no máximo um mês, e lhe arranjo vinte sacas de farinha de trigo em troca. Mas, se você disser uma palavra sobre o negócio, prepare-se para ganhar sete pás de cal em lugar de vinte sacas de farinha."

Portanto, tudo tinha ficado assentado e líquido. Só uma coisa é que se complicara sobremaneira. No curso dos últimos dias da lenta morte de Manuel Salviano ("Morte, não! Alto lá! Suicídio é o que foi", bradava o padre Generoso), a multidão dos crentes se fora adensando em volta da cadeia. De vez em quando, os fiéis bradavam por Manuel Salviano, metiam a cara na terra, queixavam-se de terem sido abandonados pelo seu santinho, depois se benziam, pediam perdão pela blasfêmia, chicoteavam-se com varas de arbustos — e cada vez mais se adensavam. Já se patenteara, por isso, o problema de saber como se retiraria de lá o cadáver de Manuel Salviano. O compartimento em que ele estava só tinha, mesmo, a porta que dava para um pequeno aposento sem porta e que desembocava no alpendre. Esse pequeno aposento era firmemente guardado e só chegavam até ele gente como Ritinha ou como Irma e pessoas aproximadas de Salviano ou importantes em Juazeiro. O alpendre, no entanto, já era do povinho. Como tirar o corpo por ali? Seria possível arriscar, metendo-o num saco, por exemplo, e enchendo o resto do saco com aipim, fingindo, em suma, que se tratava de uma simples rotina de abastecimento. Mas... se o povo descobrisse, se encontrasse o seu santo indignamente entre raízes, como uma batata qualquer?

Todavia, o problema, se tinha sido aflorado, não tinha sido debatido mais profundamente. Era possível que o Salviano ainda durasse indefinidamente ("Vejam o Gandhi, vejam os faquires!", dizia o delegado) e que o povo se fosse fatigando.

Quando, porém, o emissário do Caraúna, na noitinha da véspera de Nossa Senhora da Glória, veio trazer a notícia, o delegado botou as mãos na cabeça. As informações do Caraúna, quanto à quantidade de povo em volta da cadeia, eram as piores possíveis. O delegado tomou o seu jipe e, bem ao largo, espiou a posição dos sitiantes da cadeia. Era de meter medo. Ao largo teria ele de passar, quisesse ou não, porque, nas sombras da noite, era de se dizer que um grande bicho escuro se esparramara em torno da prisão. Um bicho imenso, de estranha forma que lhe davam as ruelas vizinhas, as saliências e reentrâncias do próprio prédio da prisão, as esquinas e as árvores, um bicho que arfava, grunhia, gemia, cujo dorso aqui e ali se eriçava de repente de mãos em prece, e de cuja garganta insondável se esganiçava de quando em quando um cântico:

> No céu, no céu
> Com minha mãe estarê-ei
> No céu, no céu
> Com minha mãe estarei.

Com infinitas cautelas e o coração batendo forte no peito, o delegado foi buscar o padre, o promotor, o prefeito e o juiz e finalmente Júlio Salgado. Sem dizer nada, fez o jipe, agora estourando de gente, estourando com a nata da vida juazeirense, passar novamente à vista da prisão. Quando chegaram todos à sua casa o delegado perguntou, à queima-roupa:

— E agora? O homem morreu. Mas não há saca-rolhas que o tire de lá. Eu por mim não vejo nenhuma saída. É entregá-lo ao povaréu.

— Bonita solução para um delegado — disse, sorrindo com azedume, o padre Generoso.

— Pois então — retrucou o delegado — dê Vossa Reverendíssima uma solução de padre ao assunto. Vá arengar o seu rebanho, vá dizer que o homem é um criminoso comum... Vá, fale às ovelhinhas.

O promotor observou que escrevera e passara a limpo, na máquina, um discurso provando o lombrosianismo de Salviano e que até o ilustrara com fotografias. Se o discurso pudesse ser impresso rapidamente e distribuído entre os alfabetizados da turba...

Ninguém lhe respondeu, a menos que se fosse registrar o resmungo do juiz de direito:

— Ainda está lombroseando, esse bestalhão!

Júlio Salgado deixou que o histerismo de primeira hora baixasse um pouco e depois falou:

— Se me dão licença, vou expor o meu plano.

Todos já o respeitavam imensamente. Fez-se absoluto silêncio e ele falou:

— Se houvesse uma porta na cela de Salviano, do mesmo lado esquerdo em que ele se deitava, seria possível tirar o corpo sem que o povo o soubesse, não?

— Seria — disse o delegado. — Do outro lado da parede há uma área interna e dali se passa para a sala do vigia e do plantão. Se o corpo saísse por ali...

— ...exatamente num saco de aipim — prosseguiu Júlio — e entrasse logo no jipe do senhor delegado, ninguém iria imaginar que fosse o cadáver de Salviano, principalmente quando ainda nem se sabe que o Salviano morreu.

— Sim, excel... — ia dizendo o padre Generoso.

Mas o delegado interrompeu, aborrecido:

— Excelente, sem dúvida, se não houvesse a parede, se houvesse a porta etc. etc. Se nos pusermos a derrubar paredes na cela do homem, sem dúvida seremos notados.

— E se o enterrássemos na própria cela em que jaz? — perguntou o promotor.

— Desenterram-no, não tenha dúvida — disse Júlio. — Meu plano não é derrubar paredes. É, simples e silenciosamente, destelhar um pedaço do teto que dê para passar o Salviano, de pé. Umas poucas telhas removidas, um ou dois barrotes afastados — nada mais.

Todos se entreolharam. Todos compreenderam. Com os olhos marejados de lágrimas de satisfação, padre Generoso aproximou-se de Júlio Salgado e deu-lhe um abraço.

A um canto do alpendre, encostada na parede, Ritinha sonhava, os olhos verde-mar mergulhados no céu azul-marinho da noite. Se ela pudesse, se Salviano a aceitasse o tempo todo, não haveria autoridade que a proibisse de passar os dias e as noites ao pé do seu catre. A cabrocha estava magra. Seu vestido branco, faiscante de tão bem engomado, estirava-se em suas clavículas longas e caía direito sobre o peito agora quase liso. De longe aquela frente de vestido brilhava como um escudo de prata.

Quando o sol se deitava, Ritinha tentara visitar Salviano, que só vira um instante, de manhã cedo, e que lhe parecera quase um menino, de tão acabado, no seu monte de palha. Um menino de grande nariz afilado, carinha miúda apoiada apenas nos zigomas que quase furavam a pele. Depois, o substituto de Caraúna, soldadinho mal-encarado e que a olhava com concupiscência, tinha secamente barrado a entrada. Ela esperara, com paciência, a volta do sargento, mas este rendera, ao cair da noite, o colega e se fechara lá dentro, como fazia tantas vezes. Fechara rótula e tudo. Ritinha encostara-se no seu canto de alpendre e deixara-se ficar, presa por olhos verdes ao céu azul. Estava tão magrinho o seu nego!, pensou, enquanto se sentava no chão, contra o muro. Cerrou os olhos e reviu o Salviano que tinha visto arribar ao Juazeiro, recém-chegado do Sul, casado com a alemã, o Salviano sacudido e parrudo daqueles dias. Rita relembrou:

— Eu estava mesmo ali na barranca do rio conversando com Mário Jaraguá que estava dentro do bote e plá-plá a água ia lambendo o bote e Mário conversava acanhado falando de Pirapora e eu sabia muito bem que pirapora o safado andava querendo mas sem coragem de falar e eu sempre acho graça que homem falando com mulher bonita e que ele sabe que dá quando gosta fala de tudo mas só está querendo pirapora mesmo e foi entonces que Mané apareceu olhando o rio sem a alemã e deu bom-dia para nós ambos batendo com os dedos na palha do chapéu. Me alembro da água nos pés e da cara do Salviano e sempre que vejo Salviano sinto logo fresco de água nos pés e me alembro também que o Jaraguá continuou falando naquele encabulamento sem querer chegar no assunto e eu rindo por dentro e sentindo às vezes o Jaraguá falando manso mas me botando cada olho Jesus!, chegava a arder no bico do seio da gente mas depois de aparecer o Salviano lá no alto da barranca não ardia mais porque eu já estava resolvida a pegar aquele caboclo novo na zona e só pedia a minha madrinha Nossa Senhora Rainha dos Anjos que ele não estivesse por ali só vendendo couro o boi deu marrada na Zefa coitada mas bem-feito dando em cima de homem de todo mundo mas o caso é que plantei os olhos no Mané como semente de flor na beira-rio e ele me olhou logo com aquele jeitão doce mas diferente do Jaraguá e desses homens todos e eu pensei nos homens que tinha visto assim e que finge que olha só para ver como quem não quer nada mas logo que descobre que a gente talvez quem sabe bem cantada quem não? eles encosta na gente como Chiquinho Anjo tão inocente e que todo mundo dizia até que se não era virgem é que a coisa não levantava mesmo mas quando um dia só para dar uma corajinha nele puxei ele assim na conversa e encostei a barriga na dele Virge! parecia que o Chiquinho tinha guardado um cabo de remo no bolso esquerdo e eu me assustei quase mesmo com tanta experiência e ia brincar com ele e dizer Chico meu anjo tu esqueceu um remo no bolso da calça de riscado mas ele já estava de remo Virge! e vamos remar que o tal do anjo Virge Mãe e entrava remando pela madrugada e nem sentia pedrinha do chão nem formiga nem sereno nem nada. Mas é mesmo coitado do meu nego tão magro e quando eu vi ele pela primeira vez e pensei talvez afinal vejam só Chico Anjo uma conversa mas Salviano nunca me deu nem asa para encostar nele sei lá quando o sujeito é santo já aparece mesmo antes da santidade aparecer em bruto e eu só queria saber que é que diz Nosso Senhor de gente assim feito eu que andou querendo ir com santo para a cama mas aquela diaba de alemã desbotada pegou ele quando ele não era santo ainda Nosso Senhor e podia fazer tudo que quisesse com ele ih!, rolar na rede bem esticada e falar no ouvido dele e sentir na boca mas que pecado meu Deus eu estava pensando antes dele ser santo é claro porque agora meu Deus agora eu se pudesse deitava com ele na palha tratava ele feito irmã feito o Menino na lapinha não fazia safadeza nenhuma juro quando muito olhava ele todinho meu Mané mas assim feito um fio grande que tivesse olhava ele só e servia ele feito mãe dele ou feito uma freira sei lá se eu pegasse ele antes sim me importava lá de botar na cabeça dela toda a chifraria de todas as boiadas do S. Francisco e ia me arregalar talvez seja como Chico Anjo meu Deus que estupidez era até besteira e talvez pequenininho mas gostoso e hoje mesmo não tem importância eu queria só morrer com ele este filho da puta de Salgado eu aposto que se não foi ele pagou capanga aí ou foi aquele peste mesmo do João que se não ponho tento me mete aquela mão e ele lá no Zeca só faltou mesmo chegar lá mas quase me disse que o Salgado é que tinha despachado o gringo das meias mas Salviano não que ele agora ficou mesmo santo meu neguinho e eu juro que tu vai para a igreja do lado de Nossa Senhora homem que foi bom demais para Ritinha só mesmo...

Rita abriu os olhos um instante, naquela modorra, ao ouvir um distante ruído de carro. Era o jipe do delegado que passava ao largo. Antes de fechar os olhos tinha visto o jipe, não? Ou talvez nem tivesse ainda fechado os olhos direito e o jipe ainda estava quase no mesmo lugar. Recostou a cabeça novamente:

— Estou derreada mas não vou. — A gente acabava num instante com a prosa desse Salgado mas meu santinho tão miúdo coitado cara feito uma laranja de tão sumidinha meu caboclo quero ver ele daqui a pouco ele até cura gente que não anda e não enxerga porque sabe o que é que está fazendo e não vai morrer assim como qualquer filho da mãe de João ou então é mesmo porque a gente precisa de um santo de vez em quando porque a gente esquece os antigos e não acredita mais em milagre velho então precisa de outro santo para sofrer e pagar pelos pecados da gente e até os pecados de quem quis pecar com o santo mesmo Deus me guarde mas então a gente acredita de novo em santo e diz Tá vendo? povo safado e pecador! Manuel Salviano podia ter ficado vivo e tinha até Ritinha para cuidar dele e não olhar mais para homem nenhum porque eu juro que não tocava mais num podre desses cabras aí se o meu

Salviano e talvez seja isso mas ele não vai ficar no jejum até aparecer o safado do Salgado estava com ele e talvez já vai confessar e dizer seu delegado eu matei o gringo e Deus me disse vai falar com o delegado que senão e ele não morre e eu pergunto Mané tu diz que é que quer que eu faço que eu fico freira fico doida fico tua fico tudo é só você falar porque foi na barranca e Jaraguá perdeu esperança de durar muito na minha vida porque eu já via meu Mané por dentro da cara dele e sempre que estava batendo roupa na pedra no beiço do rio meu Mané aparecia com a palha da carnaúba na palha da cama aí e a roupa batendo dizia vem vem vem e eu sentia uma tristeza pelo corpo todo eu não queria nada demais não queria só ficar quieta juntinho e a roupa vem vem será que eu apaguei bem as brasas do fogareiro? está soprando um vento do rio se pegar fogo ora! que é que tem quando Mané está é magrinho ah se eu pudesse ficar sempre lá como outro dia para eu não falar com o delegado estou perdendo os fregueses como é que a gente vem vem vem vai dar com roupa em pedra quando um santo anda no meio da gente Cristo e eles não andam assim todos os dias e a gente batendo lençol sujo e toalha que é que Deus ia dizer Mané Mané vem eu fico para sempre sem sem sem drapé drapé sumiu no rio sumé quando a vi-peixe logo-vermelho — gagré sumiu-agrogá nafabi-o importafabarópedránamumatusumé.

De repente Rita acordou, com um vago remorso. Logo que abriu os olhos sentiu, pela sensação que teve de repouso, que sem dúvida dormira horas. Ao redor da cadeia, apesar dos muitos que dormiam, muitos outros vigiavam, cantavam, batiam nos peitos e faziam imprecações.

Rita pôs-se de pé, ligeira, e quis como sempre passar do alpendre à antessala da guarda. Havia dois soldados desconhecidos, em lugar de um só, como sempre.

— Não pode passar não — rosnou um deles, nervoso.

— Mas eu sou a Rita... eu tenho entrada aí sempre.

— É, mas agora não pode mais, não.

— Por quê? — perguntou Rita. — Quem é que vai deixar eu longe do meu santo?

E meteu os dois braços na cara dos dois soldados, empurrou-os e bateu com as duas mãos na porta, bateu na rótula. Do lado de dentro o Caraúna e seu auxiliar estremeceram. Tinham acabado de passar pelo telhado, para uma turma no pátio, o corpo de Salviano, que a essas horas já estaria a caminho do jipe, rumo ao forno. Restava-lhes agora fechar o telhado, trancar a prisão e esperar que o delegado comunicasse ao povo que Salviano morrera e que seu corpo fora levado para o Sul pela esposa. A Força estava de prontidão para o que desse e viesse.

Mas Ritinha batia cada vez com mais violência e já agora chorava:

— Ele morreu! Ele morreu, gente!

E batia, batia. Outros punhos, punhos fortes, puseram-se a ribombar contra a porta. O Caraúna não ouvia mais a voz dos dois soldados que postara do lado de fora. Tinham fugido, ou estavam sendo pisados e estraçalhados pela plebe furiosa.

Seu auxiliar, trêmulo, propôs a única saída sensata, e o Caraúna era homem de bom senso:

— Seu sargento, a gente tem é que fazer o que fez o Sarviano. Vamos sair pelo buraco e fugir pelo pátio, senão daqui a pouco a gente sai de pé junto também.

Em dois tempos ambos se haviam içado aos barrotes e escapado para o pátio. E realmente tinham agido enquanto podiam. Segundos depois a porta arriava, arrombada pelos fanáticos.

Rita, resplendente no seu escudo branco, olhos de chamas verdes, foi a primeira a pisar sobre a porta derrubada. Abriu os braços e todos se detiveram por trás dela. A palha, o catre, vazio. No teto, acima do catre, um rombo, um tubo de madrugada, um túnel em que a sombra da noite se fazia manhãzinha. Rita tremeu em todos os seus membros, abriu bem os olhos, ergueu os braços e lançou aquele brado que rolou como uma onda por todo o S. Francisco:

— Subiu pro céu! Subiu pro céu!

— Salviano subiu pro céu! — responderam mil bocas.

Foi esse o grito que ouviu Irma, já de malas prontas para Blumenau, esperando apenas um cofre de cinzas. Foi esse grito que ouviu Júlio Salgado quando suava à beira do forno antigo da Padaria da Rosa, fazendo cinzas para Irma levar.

ESTUDO CRÍTICO

Callado e a "vocação empenhada" do romance brasileiro[1]

Ligia Chiappini
Crítica literária

Embora se alimente de episódios quase coetâneos, muitos deles tratados em reportagens do autor, a ficção de Antonio Callado transcende o fato para sondar a verdade, por uma interpretação ousada, irreverente e atual. E consegue tratar de forma nova um velho problema da literatura brasileira: sua "vocação empenhada",[2] para usar a expressão consagrada de Antonio Candido. Uma ficção que pretende servir ao conhecimento e à descoberta do país. Mas o resgate dessa tradição do romance empenhado ou engajado se realiza aqui com um refinamento que não compromete a comunicação e com um caráter documental que não perde de vista a complexidade da vida e da literatura. Busca difícil, que termina dando numa obra desigual, mas, por isso mesmo, interessante e rica.

---

[1] Este texto é a adaptação do Capítulo IV do livro de Ligia Chiappini, intitulado *Antonio Callado e os longes da pátria* (São Paulo: Expressão Popular, 2010).
[2] Essa expressão, utilizada para caracterizar o romance brasileiro a partir do Romantismo, é de Antonio Candido em seu livro clássico *Formação da literatura brasileira*, de 1959.

O jornalismo e suas viagens proporcionam ao escritor experiências das mais cosmopolitas às mais regionais e provincianas. A experiência decisiva do jovem intelectual, adaptado à vida londrina, a quase transformação do brasileiro em europeu refinado (que falava perfeitamente o inglês e havia se casado com uma inglesa) afinaram-lhe paradoxalmente a sensibilidade e abriram-lhe os olhos para, segundo suas próprias palavras em uma entrevista, "ver essas coisas que o brasileiro raramente vê".[3] É assim que ele explica seu profundo interesse pelo Brasil no final de sua temporada europeia, quando começou a ler tudo o que se referia ao país, projetando já suas futuras viagens a lugares muito distantes do centro onde vivia.

Da obra de Antonio Callado, em seu conjunto, transparece um projeto que se poderia chamar de alencariano, na medida em que seus romances tentam sondar os avessos da história brasileira, aproveitando, para tanto, junto com os modelos narrativos europeus (sobretudo do romance francês e do inglês), os brasileiros que tentaram, como Alencar, interpretar o Brasil como uma nação possível, embora ainda em formação. A ficção como tentativa de revelar, conhecer e dar a conhecer nosso país constitui o projeto dos românticos e é, ainda, o projeto de Callado, que, como Gonçalves Dias, Graça Aranha e Oswald de Andrade, redescobre o Brasil. Conforme ele próprio nos conta em vários depoimentos, os seis anos que viveu na Inglaterra foram, em grande parte, responsáveis pelo seu projeto de trabalho (e, de certa forma,

---

[3] Cf. entrevista concedida à autora e publicada em: *Antonio Callado, literatura comentada* (São Paulo: Abril Cultural, 1982. p. 9).

também de vida) na volta. As viagens, as reportagens, o teatro e o romance servem, daí para frente, a um verdadeiro mapeamento do país: do Rio de Janeiro a Congonhas do Campo; desta a Juazeiro da Bahia; da Bahia a Pernambuco; de Olinda e Recife ao Xingu; do Xingu a Corumbá, com algumas escapadas fronteira afora, para o contexto mais amplo da América Latina.

Obcecado pelo deslumbramento da redescoberta do Brasil, seu projeto é fazer um novo retrato do país, o que o aproxima de Alencar, depois da atualização feita por Paulo Prado e Mário de Andrade, e o converte numa espécie de novo "eco de nossos bosques e florestas", designação que Alencar usava para referir-se à poesia de Gonçalves Dias. Não faltam aí nem sequer os motivos da canção do exílio — o sabiá e a palmeira —, retomados conscientemente em *Sempreviva*. Tampouco falta a figura central do Romanismo — o índio —, que aparece em *Quarup* e reaparece em *A expedição Montaigne* e em *Concerto carioca*. E, nessa viagem pelos trópicos, vamos recompondo diferentes Brasis, pelo cheiro e pela cor, pelos sons característicos, pela fauna e pela flora.

Mesmo nos livros posteriores a *Quarup*, nos quais se pode ler um grande ceticismo em relação aos destinos do Brasil, permanece o deslumbramento pela exuberância da nossa natureza e as potencialidades criadoras do nosso povo mestiço. Vista em bloco, a obra ficcional de Antonio Callado é uma espécie de reiterada "canção de exílio", ainda que às vezes pelo avesso, como em *Sempreviva*, em que o herói, Vasco ou Quinho — o "Involuntário da Pátria" —, é um exilado em terra própria. O localismo ostensivo, que ainda amarra esse escritor às origens do romance brasileiro, de uma literatura e de um país em busca da própria identidade (e até mesmo a certo regionalismo, nos primeiros romances), tem sua contrapartida universalizante, desde *Assunção de Salviano*, transcendendo fronteiras e alcançando "os grandes problemas da vida e da morte, da pureza e da corrupção, da incredulidade e da fé", como já assinalava Tristão de Athayde, seu primeiro crítico. Aliás, do mergulho no local e no histórico é que resulta a concretização desses temas universais. Assim, pelo confronto das classes sociais em luta no Nordeste, chega-se à temática mais geral da exploração do homem pelo homem e das centelhas de revolta que periodicamente acendem fogueiras entre os dominados. Pela história individual do padre Nando, tematiza-se a situação geral da Igreja, dos padres e do intelectual que se debatem entre dois mundos. Pela sondagem da consciência de torturadores brasileiros, chega-se a esboçar uma espécie de tratado da maldade, que nos faz vislumbrar os abismos de todos nós.

O contato do jornalista-viajante com nossas misérias e nossas grandezas sensibiliza-o cada vez mais para a "dureza da vida concreta do povo espoliado",[4] que, presente em suas reportagens sobre o Nordeste e na luta dos camponeses pela terra e pelo pão, reaparece em seus romances. Em alguns deles, esse povo não é mais do que uma sombra, cada vez mais distante do intelectual revolucionário e do escritor, angustiado justamente com sua ausência sistemática do cenário político e das decisões capitais da nossa história.

---

[4] Cf. Arrigucci Jr., Davi. *Achados e perdidos*: ensaios de crítica. São Paulo: Polis, 1979. p. 64.

O tratamento do nordestino pobre (em *Quarup* e *Assunção de Salviano*) ou de um pequeno comerciante de uma provinciana cidade de Minas Gerais (*A madona de cedro*) parece aproximar o escritor daqueles autores românticos que, como o polêmico Franklin Távora, defendiam o deslocamento da nossa literatura do centro litorâneo e urbano para regiões mais afastadas e subdesenvolvidas. Contudo, em Callado, isso não se manifesta como opção unilateral, mas como evidência da tensão. O caminho da reportagem à ficção feito pelo autor de *Quarup* pode ser comparado ao caminho da visão externa à do drama de Canudos, percorrido por Euclides da Cunha em sua grande obra dilacerada e trágica: *Os sertões*. Da mesma forma aqui, guardadas as diferenças, o esforço do intelectual, formado nos centros mais avançados, para entender o universo cultural do Brasil subdesenvolvido acaba sendo simultaneamente um esforço para indagar das raízes de sua própria ambiguidade como intelectual refinado em terra de "bárbaros".

No caso da abordagem do índio, a trajetória do padre Nando e de *Quarup* são exemplares como a conversão euclidiana. Documenta-se aí a passagem do interesse livresco e do enfoque romântico, que o levam, no início, a idealizar o Xingu como um paraíso terrestre, à vivência dos problemas reais do índio, contaminado pelo branco e em processo de extinção. Nando termina chegando a um indianismo novo, em que o índio é tratado sem nenhuma idealização.

Mas Callado não só revela a miséria do índio. Aponta também, a partir de uma vida mais próxima à natureza, para valores que poderiam resgatar as perdas da civilização corrupta. Desencanto e utopia, eis aí uma contradição dialética, evidente em *Quarup*, e uma constante nos livros do escritor, nos quais a repressão, a tortura, a dominação e a morte aparecem sempre contrapostas à imagem da vitalidade, do amor e da liberdade, simbolizados geralmente por elementos naturais: a água, as orquídeas, o sol, que travam uma luta circular com a noite, os subterrâneos e as catacumbas.

É a dimensão mítica e transcendente que faz Salviano ascender aos céus (ao menos na boca do povo), em *Assunção de Salviano*; é ela que faz Delfino recuperar a calma e o amor depois da penitência, em *A madona de cedro*; é ela que permite, apesar de todas as prisões, as desaparições e as mortes com que a ditadura de 1964 reprimiu os revolucionários, que, no final de *Quarup*, Nando e Manuel Tropeiro partam para o sertão em busca da guerrilha, e que o já debilitado Quinho, de *Sempreviva*, ao morrer, uma vez cumprida sua vingança, se reencontre com Lucinda, a namorada morta dez anos antes nos porões do DOI-Codi.[5] Retomada na figura de Jupira e de Herinha, ambas também parentas da terra e das águas, Lucinda é uma espécie de símbolo dos "nervos rotos", mas ainda vivos da América Latina (alusão à epígrafe de *Sempreviva*, tirada de um poema de César Vallejo).

Essa ambivalência acha-se no próprio título do romance de 1967. O quarup é uma festa por meio da qual, ritualmente, os índios revivem o tempo sagrado da criação. Em meio a danças, lutas e um grande banquete, os mortos regressam à vida, encarnados em troncos de madeira (kuarup ou quarup) que, ao final, são lançados na água. O ritual fortalece e renova a tribo, que tira dele novo alento, transformando a morte em vida.

---

[5] Organização repressiva paramilitar da ditadura.

Bar Don Juan, *Reflexos do baile* e *Sempreviva* retomam as andanças do padre Nando tentando retratar os diferentes Brasis (das guerrilhas, dos sequestros, do submundo de torturadores e torturados). O que sempre se busca são alternativas para "o atoleiro em que o Brasil se meteu", mesmo que, cada vez mais, de forma desesperançada, com a ironia minando a epopeia e desvelando machadianamente o quixotesco das utopias alencarianas. E essa busca se amplia no confronto passado-presente, interior-centro, no caso do desconcertante *Concerto carioca*. Ou, finalmente, quando se estende à América Latina, com seus eternos problemas, incluindo a terrível integração perversa que ocorreu com a "Operação Condor", nos anos 1970 (como aparece em *Sempreviva*) e, cem anos antes, com a "Tríplice Aliança" (rememorada obsessivamente por Facundo, personagem central em *Memórias de Aldenham House*).

A ironia existente já em *Assunção de Salviano* e *A madona de cedro* — ainda comedida e, portanto, mínima — vai crescendo a partir de *Quarup*, até explodir na sátira de *A expedição Montaigne*, que parece encerrar o ciclo antes referido.

Nesse romance, um jornalista, de nome Vicentino Beirão, arrasta consigo pouco mais de uma dúzia de índios (já aculturados, mas fingindo selvageria para corresponder ao gosto desse chefe meio maluco) e Ipavu, índio camaiurá, tuberculoso, recém-saído do reformatório de Crenaque, em Resplendor, Minas Gerais. O objetivo da insólita expedição, que tem como mascote um busto do filósofo Montaigne (um dos principais criadores da imagem do bom selvagem na Europa), é "levantar em guerra de guerrilha as tribos indígenas contra os brancos que se apossaram do território" desde a chegada de Cabral, que é descrita como um verdadeiro estupro da terra de Iracema.

Depois de várias peripécias e de sucessivas perdas no labirinto de enganosos rios, conseguem chegar à aldeia camaiurá, levados pelo rio Tuatuari. A longa viagem, na verdade, conduz à morte. Vicentino Beirão, febril e semidesfalecido, é empurrado por Ipavu para dentro da gaiola do seu gavião Uiruçu, companheiro de infância com quem foge logo a seguir. O pajé Ieropé, já velho e desmoralizado, incapaz de curar os doentes desde que os remédios brancos foram introduzidos na aldeia, tendo saído de sua cabana pouco depois da fuga de Ipavu, e vendo o jornalista enjaulado, vislumbra aí a possibilidade de recuperar o seu prestígio de mediador entre os homens e os deuses, "recosturando o céu e a terra" e trazendo de volta o tempo em que suas ervas e fumaças eram eficazes. Porque, para ele, Vicentino Beirão é Karl von den Steinen renascido. Trata-se do antropólogo alemão que fez a primeira expedição ao Xingu em 1884, aqui chamado de Fodestaine.

Enquanto isso, a tuberculose, que estivera corroendo as forças de Ipavu durante toda a travessia, completa sua obra e o indiozinho também morre, reintegrando-se na cultura indígena por meio de um ritual fúnebre: a canoa que se afasta com seu corpo, rio afora, conduzida pelo gavião de penacho.

Como na maior parte dos romances de Callado, o desenlace é insólito e nos agrada na medida em que surpreende. No entanto, o grande prazer da leitura está em seguir o desenrolar da história, o contraponto das perspectivas alternadas, a escrita que nos empolga e nos faz ler tudo de um fôlego só, provocando ao mesmo tempo a expectativa do romance policial, o riso da comédia, a piedade e o terror da tragédia.

Anti-herói paródico, Vicentino Brandão é Nando, Quinho e tantos heroicos revolucionários dos romances anteriores. A dimensão utópica desaparece, persistindo somente de forma negativa, na amargura de um mundo fora dos eixos: nossa tragicomédia exposta.

A vertente machadiana, cética e irônica, que combinava tão bem com o lado Alencar de Callado (aparecendo em outros romances só quando o narrador se distanciava para olhar exaustivamente e sem piedade a miséria dos heróis e a pobreza das utopias em seus mundos infernais), agora ganha o primeiro plano, intensificando a caricatura.

A expedição Montaigne parece resumir um ciclo de modo tal que, depois dela, é como se Callado trabalhasse com resíduos. Ainda apegado ao tema do índio — tema pelo qual ele reconhece um interesse do avô, que também gostava de tratar desse assunto —, o escritor volta a ele em seu penúltimo romance — *Concerto carioca* —, mas, dessa vez, caracterizado por uma problemática histórico-social mais ampla.

A tentativa de *Concerto carioca* é, como o próprio nome aponta, a de concentrar em um cenário urbano a ficção previamente desenhada pela viagem aos confins do Brasil. Entretanto, até isso é ambíguo, já que o Jardim Botânico, onde transcorre a maior parte da ação, é uma espécie de minifloresta que enquadra e anima de modo mítico, com suas árvores e riachos, a figura de Jaci, o indiozinho (agora citadino) vítima de Javier, o assassino um tanto psicopata, no qual poderíamos ler o símbolo tanto dos colonizadores de ontem quanto dos depredadores da vida e da natureza de hoje, de dentro e de fora da América Latina, tornando a exterminar os índios, agora transplantados para a cidade.

Ettore Finazzi Agrò[6] leu *Concerto carioca* como um concerto desafinado, um conjunto de sequências inconsequentes e de pessoas fora do lugar, umbral, paralisia e atoleiro, em um presente que arrasta o passado, feito de falta e remorso, em analogia com o ritmo desafinado da nossa existência descompassada. O mesmo atoleiro que nos obriga a arrancarnos da lama pelos próprios cabelos, tarefa hercúlea que o próprio Callado sempre invocava, aludindo a sério aos contos do célebre barão de Münchhausen.[7]

Nesse livro, ainda bebendo nas fontes de sua própria vida (a infância passada no Jardim Botânico e o descobrimento do índio pelo menino, aprofundado anos depois pelo repórter adulto), o escritor retoma também outro tema que lhe é familiar: a temível potencialidade das pessoas. Segundo seu próprio depoimento, isso se confunde com a tarefa do romance, que é levar a pessoa ao extremo daquilo que poderia ser: "Então, você pode acreditar em uma prostituta que é quase uma santa no final do livro, como em um santo que resulta em um canalha da pior categoria."[8] Ao longo de toda a obra, essa dimensão, que poderíamos chamar da "pesquisa do mal no homem, na mulher, na sociedade", aparece nos momentos em que os demônios se soltam.

---

[6] Cf. Nos limiares do tempo. A imagem do Brasil em *Concerto carioca*. In: Chiappini, Ligia; Dimas, Antonio; Zilly, Berthold (Org.). *Brasil, país do passado?*. São Paulo: Edusp/Boitempo, 2010.

[7] Personagem de *As aventuras do celebérrimo barão de Münchhausen*, escrito pelo alemão Gottfried August Bürger em 1786 e publicado no Brasil com tradução de Carlos Jansen (Rio de Janeiro: Laemmert, 1851). A análise da tensão temporal em *Concerto carioca*, no livro citado na nota 1, segue de perto a leitura de Finazzi Agrò (2000, p. 137).

[8] Entrevista concedida à autora e publicada em *Antonio Callado, literatura comentada* (São Paulo: Abril, 1982. p. 9).

Concerto carioca opta por se introduzir nas vertentes pessoais da maldade e toma partido, decisivamente, pelo mito, deixando, dessa vez, a história como um distante pano de fundo. Ao debilitar-se o plano histórico e social, rompe-se aquele equilíbrio entre o particular e o geral, o contingente e o transcendente, que permitiu a *Quarup* perdurar. O resultado, embora reúna acertos e achados, é um romance no qual o próprio narrador (personificado em um menino) parece perceber um equívoco: o de destacar como herói quem deveria ser um vilão secundário e diminuir a figura central do indiozinho, tornada paradoxalmente mais abstrata.

Em todo caso, isso talvez seja mesmo o remate de um ciclo e o começo de outro, de um livro ambíguo que traz o novo latente. Finalmente, Callado chega de volta onde começou, redescobrindo o país e a si mesmo no confronto com seus irmãos latino-americanos e nossos meios-pais europeus, a partir da experiência da viagem, da vivência de guerras externas e internas e das prisões em velhas e novas ditaduras. Londres durante a guerra e o ambiente da BBC são aí tematizados, lançando mão novamente de um recurso que sempre foi efetivo em suas obras: os mecanismos de surpresa e suspense dos romances policiais e de espionagem. Aqui vai mais longe, pois tenta compreender o Brasil tentando entendê-lo na América do Sul, e esta, em suas tensas relações com a Europa.

A história é narrada do ponto de vista de um jornalista brasileiro que vai para Londres, fugindo à ditadura de Getúlio Vargas, na década de 1940, e lá encontra outros companheiros latino-americanos, uma chileno-irlandesa, um paraguaio, um boliviano e um venezuelano. Estes, por sua vez, fugiram do arbítrio da polícia política em seus respectivos países. O confronto deles entre si e de todos juntos com os ingleses, no dia a dia de uma agência da BBC especialmente voltada para a América Latina, acaba denunciando tanto os bárbaros crimes latino-americanos do passado e do presente quanto o envolvimento das nossas elites com os criminosos de colarinho branco da supercivilizada Inglaterra. Não apenas denuncia, mas também expõe parodicamente os preconceitos e estereótipos dos ingleses sobre os latino-americanos e vice-versa.

Vinte anos depois dos sucessos de *Memórias de Aldenham House*, que se prolongam num Paraguai e num Brasil só aparentemente democratizados, o narrador (ex-representante brasileiro na BBC, como fora o próprio Callado) escreve suas memórias, novamente na prisão. Nesse caso, ampliando o ciclo, o território e a viagem, circulamos pela Inglaterra e França para chegar ao Paraguai, passando pela prisão ditatorial em que o narrador escreve sua história, uma história de outras ditaduras e de perseguições a líderes de esquerda menos ou mais desesperados, menos ou mais vitimizados, mas igualmente vencidos pela prepotência do autoritarismo tradicional na América Latina.

Callado rememora aí sua experiência de duas ditaduras e de duas pós-ditaduras; a experiência dos exilados que se foram e dos que voltaram para contar, tentando recuperar a face oculta da civilizada Inglaterra, que Facundo acusa e que talvez esteja muito mais próxima do Paraguai e, por que não, do Brasil, ou pelo menos de certo Brasil: aquele tanto mais visível quanto mais se encena a sua entrada plena na modernidade pós-moderna.

PERFIL DO AUTOR

O SENHOR DAS LETRAS

Eric Nepomuceno
Escritor

Antonio Callado era conhecido, entre tantas outras coisas, pela sua elegância. Nelson Rodrigues dizia que ele era "o único inglês da vida real". Além da elegância, Callado também era conhecido pelo seu humor ágil, fino e certeiro. Sabia escolher os vinhos com severa paixão e agradecer as bondades de uma mesa generosa. E dos pistaches, claro. Afinal, haverá neste mundo alguém capaz de ignorar as qualidades essenciais de um pistache?

Pois Callado sabia disso tudo e de muito mais.

Tinha as longas caminhadas pela praia do Leblon. Ele, sempre tão elegante, nos dias mais tórridos enfrentava o sol com um chapeuzinho branco na cabeça, e eram três, quatro quilômetros numa caminhada puxada: estava escrevendo. Caminhava falando consigo mesmo: caminhava escrevendo. Vivendo. Porque Callado foi desses escritores que escreviam o que tinham vivido, ou dos que vivem o que vão escrever algum dia.

Era um homem de fala mansa, suave, firme. Só se alterava quando falava das mazelas do Brasil e dos vazios do mundo daquele fim de século passado. Indignava-se contra a injustiça, a miséria, os abismos sociais que faziam — e em boa medida ainda fazem — do Brasil um país de desiguais. Suas opiniões, nesse tema, eram de suave mas certeira e efetiva contundência. E mais: Callado dizia o que pensava, e o que pensava era sempre muito bem sedimentado. Eram palavras de uma lucidez cristalina.

Dizia que, ao longo do tempo, sua maneira de ver o mundo e a vida teve muitas mudanças, mas algumas — as essenciais — permaneceram intactas. "Sou e sempre fui um homem de esquerda", dizia ele. "Nunca me filiei a nenhum partido, a nenhuma organização, mas sempre soube qual era o meu rumo, o meu caminho." Permaneceu, até o fim, fiel, absolutamente fiel, ao seu pensamento. "Sempre fui um homem que crê no socialismo", assegurava ele.

Morava com Ana Arruda no apartamento de cobertura de um prédio baixo e discreto de uma rua tranquila do Leblon. O apartamento tinha dois andares. No de cima, um terraço mostrava o morro Dois Irmãos, a Pedra da Gávea e o mar que se estende do Leblon até o Arpoador. Da janela do quarto que ele usava como estúdio, aparecia esse mesmo mar, com toda a sua beleza intocável e sem fim.

O apartamento tinha móveis de um conforto antigo. Deixava nos visitantes a sensação de que Callado e Ana viviam desde sempre escudados numa atmosfera cálida. Havia um belo retrato dele pintado por seu amigo Cândido Portinari, de quem Callado havia escrito uma biografia. Aliás, escrita enquanto Portinari pintava seu retrato. Uma curiosa troca de impressões entre os dois, cada um usando suas ferramentas de trabalho para descrever o outro.

Havia também, no apartamento, dois grandes e bons óleos pintados por outro amigo, Carlos Scliar.

Callado sempre manteve uma rígida e prudente distância dos computadores. Escrevia em sua máquina Erika, alemã e robusta, até o dia em que ela não deu mais. Foi substituída por uma Olivetti, que usou até o fim da vida.

Na verdade, ele começava seus livros escrevendo à mão. Dizia que a literatura, para ele, estava muito ligada ao rascunho. Ou seja, ao texto lentamente trabalhado, o papel diante dos olhos, as correções que se sucediam. Só quando o texto adquiria certa consistência ele ia para a máquina de escrever.

Jamais falava do que estava escrevendo quando trabalhava num livro novo. A alguns amigos, soltava migalhas da história, poeira de informação. Dizia que um escritor está sempre trabalhando num livro, mesmo quando não está escrevendo. E, quando termina um livro, já tem outro na cabeça, mesmo que não perceba.

Era um escritor consagrado, um senhor das letras. Mas ainda assim carregava a dúvida de não ter feito o livro que queria. "A gente sente, quando está no começo da carreira, que algum dia fará um grande livro. O grande livro. Depois, acha que não conseguiu ainda, mas que está chegando perto. E, mais tarde, chega-se a uma altura em que até mesmo essa sensação começa a fraquejar...", dizia com certa névoa encobrindo seu rosto.

Levou essa dúvida até o fim — apesar de ter escrito grandes livros.

Foi também um jornalista especialmente ativo e rigoroso. Escrevia com os dez dedos, como corresponde aos profissionais de velha e boa cepa. E foi como jornalista que ele girou o mundo e fez de tudo um pouco, de correspondente de guerra na BBC britânica a testemunha do surgimento do Parque Nacional do Xingu, passando pela experiência definitiva de ter sido o único jornalista brasileiro, e um dos poucos, pouquíssimos ocidentais a entrar no então Vietnã do Norte em plena guerra desatada pelos Estados Unidos.

A carreira de jornalista ocupou a vaga que deveria ter sido de advogado. Diploma em direito, Callado tinha. Mas nunca exerceu o ofício. Começou a escrever em jornal em 1937 e enfrentou o dia a dia das redações até 1969. Soube estar, ou soube ser abençoado pela estrela da sorte: esteve sempre no lugar certo e na hora certa. Em 1948, por exemplo, estava cobrindo a 9ª Conferência Pan-americana em Bogotá quando explodiu a mais formidável rebelião popular ocorrida até então na Colômbia e uma das mais decisivas para a história contemporânea da América Latina, o Bogotazo. Tão formidável que marcou para sempre a vida de um jovem estudante de direito que tinha ido de Havana, um grandalhão chamado Fidel Castro, e que também acompanhou tudo aquilo de perto.

Houve um dia, em 1969, em que ele escreveu ao então diretor do *Jornal do Brasil* uma carta de demissão. Havia um motivo, alheio à vontade dos dois: a ditadura dos generais havia decidido cassar os direitos políticos de Antonio Callado pelo período de dez anos e explicitamente proibia que ele exercesse o ofício que desde 1937 garantia seu sustento. Foi preciso esperar até 1993 para voltar ao jornalismo, já não mais como repórter ou redator, mas como um articulista de texto refinado e com visão certeira das coisas.

Até o fim, Callado manteve, reforçada, sua perplexidade com os rumos do Brasil, com as mazelas da injustiça social.

E até o fim abandonou qualquer otimismo e manteve acesa sua ira mais solene.

Sonhou ver uma reforma agrária que não aconteceu, sonhou com um dia não ver mais os milhões de brasileiros abandonados à própria sorte e à própria miséria. Era imensa sua indignação diante do Brasil ameaçado, espoliado, dizimado, um país injusto e que muitas vezes parecia, para ele, sem remédio. Às vezes dizia, com amargura, que duvidava que algum dia o Brasil deixaria de ser um país de segunda para se tornar um país de primeira. E o que faria essa diferença? "A educação", assegurava. "A escola. A formação de uma consciência, de uma noção de ter direito. Trabalho, emprego, justiça. Ou seja: o básico. Uma espécie de decência nacional. Porque já não é mais possível continuar convivendo com essa injustiça social, com esse egoísmo".

Sua capacidade de se indignar com aquele Brasil permaneceu intocada até o fim. Tinha, quando falava do que via, um brilho especial, uma espécie de luz que é própria dos que não se resignam.

Desde aquele 1997 em que Antonio Callado foi-se embora para sempre, muita coisa mudou neste país. Mas quem conheceu aquele homem elegante e indignado, que mereceu de Hélio Pelegrino a classificação de "um doce radical", sabe que ele continuaria insatisfeito, exigindo mais. Exigindo escolas, empregos, terras para quem não tem. Lutando, à sua maneira e com suas armas, para poder um dia abrir os olhos e ver um país de primeira classe. E tendo dúvidas, apesar de ser o senhor das letras, se algum dia faria, enfim, o livro que queria — e sem perceber que já tinha feito, que já tinha escrito grandes livros, definitivos livros.

Este livro foi impresso nas oficinas da
DISTRIBUIDORA RECORD DE SERVIÇOS DE IMPRENSA S.A.
Rua Argentina, 171 – Rio de Janeiro, RJ
para a EDITORA JOSÉ OLYMPIO LTDA.
em março de 2014

*

82º aniversário desta Casa de livros, fundada em 29.11.1931